SARAH HALL

# WIE WIR BRENNEN

ROMAN

Aus dem Englischen
von Eva Bonné

PENGUIN VERLAG

*Für meine Tochter und für meinen Vater*

Wer Geschichten erzählt, überlebt. Das sagte meine Mutter einmal zu mir, als ich noch ein Kind war. Ich hatte sie stundenlang vermisst. Ich war überzeugt, dass sie nicht mehr lebte und mich allein in dem Cottage am Moor zurückgelassen hatte. Als sie dann endlich nach Hause kam – durchnässt und ohne ihren Mantel, draußen war es schon dunkel –, konnte sie gar nicht verstehen, worüber ich mich so aufregte. Sie war nur spazieren gegangen und hatte die Zeit vergessen.

*Wie soll ich denn ganz allein hier leben?*, schrie ich. *Ich kann mich nicht um mich selbst kümmern!*

Was natürlich nicht stimmte. Ich konnte Feuer machen und den Herd bedienen; mit zehn hatte ich gelernt, ihr Auto zu fahren. Ich war bereit für ihr Verschwinden.

Naomi sah in mein nasses, verstörtes Gesicht. Ihres war ausdruckslos. Sie zuckte mit den Schultern. *Wer Geschichten erzählt, überlebt*, sagte sie, als wäre das ein hilfreicher Tipp.

Weil Naomi dazu neigte, Wörter und Konzepte durcheinanderzubringen, glaubte ich im ersten Moment, sie sei verwirrt oder habe es andersherum gemeint: Wer überlebt, erzählt Geschichten. Ich verbesserte sie, aber sie blieb dabei.

*Danke, Edith – ich kann allein stehen.*

Das war ihre übliche, nicht unfreundlich gemeinte Antwort, ein Code für ihre wiedererlangte Autorität über mich. Zu dem Zeitpunkt hatte sie seit Jahren kein Buch mehr veröffentlicht. Ihre Workshops brachten nur wenig ein, und wir kamen kaum über die Runden. Die Furchen in ihrer Kopfhaut waren inzwischen von üppigem, bauschigem Haar überwuchert. Niemand wäre auf die Idee gekommen, dass sie alles neu hatte lernen müssen, sogar zu sprechen und ihren Namen zu schreiben. Sie hatte überlebt – die Kriegskatastrophe in ihrem Gehirn genauso wie den äußerlichen Wiederaufbau.

Ich habe oft über ihre Worte nachgedacht. Wäre es möglich, sich zu retten wie Scheherazade, die den Feind mit Geschichten in Schach hält? Können Geschichten die chaotische Welt ordnen? Vielleicht wollte Naomi mir lediglich sagen, dass das Leben nur eine Erfindung ist, eine Interpretation, die uns hilft, die Tatsache unserer Existenz zu akzeptieren.

Heute habe ich das Bett vorbereitet. Das neue Laken spannt sich straff über die Matratze und riecht nach Wind und Sonne, weil ich es draußen im Hof getrocknet habe. In den Falten Blütenblätter. Schon wieder Frühling – anscheinend eine menschliche Schwachstelle, wenn wir vom Winter müde sind, zögerlich loslassen und von der Flucht träumen. Mir fällt ein Sprichwort aus deinem Land ein: Verbrenn im Frühling nicht den Stiel der Axt. Ich habe Suppe und ein paar weiche Speisen vorgekocht, genug für etwa eine Woche. Auf dem Tisch liegen Bücher, darunter auch die von Naomi und ein übersetzter Gedichtband. Zu dieser Jahreszeit verändert das Licht auf dem Fluss seinen Winkel, fällt schräg von unten gegen die Mauern und zum Schlafzimmerfenster herein. Das Atelier im Erdgeschoss leuchtet wie eine Glühbirne.

Mir bleibt noch genug Zeit zum Organisieren, aber das meiste ist schon erledigt. Morgen werde ich zum Blumenstand auf dem Markt gehen. Sicher kann Rostam mir weiterhelfen, ohne dabei sentimental zu werden. Ich habe nicht aufgeräumt. Wir sind, wer wir sind; sich zu verstellen wäre sinnlos. Die Wohnung ist ohnehin nur spärlich eingerichtet, und meine letzte Arbeit ist fertig und wartet unten im Atelier in ihre Einzelteile zerlegt auf die Abholung. Mein Installateur hat die Entwürfe und das Modell viele Male überprüft, eigene Berechnungen angestellt und eine stählerne Ankerplatte gebaut. Trotz der hohen Decke ist das Stück zu groß, um in der Halle montiert zu werden. Ich vertraue Sean. Er kennt das Gewicht und die Flügel der Konstruktion, er weiß, in welche Richtung sie ausgerichtet werden muss – gen Osten, damit der Wind von hinten auf die Rotorblätter trifft – und wie das Holz sich in der Witterung verziehen und setzen wird. Die Vorstellung, dass ich sie nie vor Ort sehen werde, auf dem Gedenkhügel, ist eigenartig. Ehrlich gesagt kann ich ihren Anblick jetzt schon kaum ertragen. Zwischendurch gab es Phasen, in denen ich die Gesichter der Liebenden mit einer Plane abdecken musste. Manchmal hätte ich sie am liebsten zertrümmert und in Brand gesteckt.

Karolina hat das Projekt um Jahre, wenn nicht Jahrzehnte verschleppt. Sie ist längst in Rente und betreut nur noch wenige Klienten. Zum Glück ist sie loyal. Dieser Auftrag ist ihr Ruin – die versteckten Kosten, die vielen Verzögerungen. Auf jeden Fall wird es nach der Enthüllung zu einem Eklat kommen, und dann wird Sir Philip seine Entscheidung bereuen. Immerhin muss ich mich nicht mit den Konsequenzen herumschlagen.

Weil es keine Erben gibt, habe ich dafür gesorgt, dass Burntcoat an den National Heritage Memorial Fund geht. Allein die Maschinen sind Tausende Pfund wert und die Gasbrenner immer noch in gutem Zustand; vielleicht könnte ein Dachdecker sie gebrauchen. Vielleicht werden sie das Atelier eines Tages für Besucher öffnen. Die Schlüssel liegen beim Notar, einen zweiten Satz werde ich zusammen mit meinen Anweisungen an Karolina schicken. Sicher hat sie sich das Szenario längst ausgemalt. Die Außenmauern dürfen nicht verändert werden, vor allem nicht die Schrift auf den Ziegeln. Ich wünsche mir keine Plakette.

Ich sollte im Gesundheitszentrum anrufen, aber ich war seit Jahren nicht mehr dort. Ich hatte genug von den Untersuchungen und den Fragen, den ständigen Blutabnahmen, den Beteuerungen, es lägen keine körperlichen Schäden und keine Neurodivergenzen vor. Zunächst hieß es, ich sei traumatisiert, später galt ich dann als außergewöhnlicher Fall. Ich kenne keinen der Ärzte mit Namen und möchte keine Hilfe. Bis heute bekomme ich schriftliche Einladungen in die Nova-Kliniken – heute heißen sie natürlich anders –, aber ich habe meine Lebenserwartung so oft überschritten, dass ich nicht mehr unter Beobachtung stehe. Neunundfünfzig ist alt für eine Trägerin.

Zuerst hatte ich es für Müdigkeit gehalten, für die Nachwehen des langen, ungewöhnlich harten Winters. Burntcoat ist wie eine Kathedrale mit schwer beheizbaren Gewölben. Die alten Wehwehchen sind zurück. Meine Schultern sind kaputt, weil ich gehoben habe, was ich nicht hätte heben dürfen, Balken und Paletten, und oft kann ich kaum die Finger bewegen. Anfangs habe ich mir eingeredet, ich befände mich in dauerhafter Remission. Vielleicht war ich wie die letzten, erstaunlich hohen Ulmen im Park, denen der Mehltau nichts anhaben konnte. Vielleicht hatte ich auch durch irgendeinen Trick zur Akzeptanz gefunden. Die Psychologen haben mir erklärt, ich besäße eine hohe Toleranz für Ungewissheit, fast so, als wäre ich ahnungslos. Aber jetzt bin ich mir sicher. An der Haut zwischen meinen Fingern haben sich kleine Bläschen gebildet. Das Herz wird schwächer, ich spüre einen Tiefenschmerz. Es ist in mir; es setzt sich erneut zusammen.

Und auch du bist wieder da, natürlich – wer du bei unser ersten Begegnung warst, wozu du wurdest. Es kommt zurück und bringt deine Schritte auf der Treppe mit, deinen Geschmack, dein Gewicht auf meinem Rücken. Du liegst wieder im Bett, benommen und mit leuchtenden Augen, und entschuldigst dich für die Schweinerei. Ich erinnere mich an die trügerischen Momente, als wir dieselbe Luft geatmet und – fast – einen Blutkreislauf geteilt haben. Ich erinnere mich an die Blüten des kleinen Orangenbaums – ein Geschenk von dir, wie eigenartig, mir auf diese Weise den Hof zu machen –, an ihre milde Würze und den Geruch nach erweckten Hainen, nach Duftwasser für die Gäste, nach Bestattungsinstitut.

*Ich habe zwei Namen,* hast du in der ersten Nacht gesagt, *den einen habe ich bei meiner Geburt bekommen und den anderen vom Staat.*

*Bei welchem soll ich dich nennen?*, habe ich gefragt.

Bald werde ich nicht mehr denken können, geschweige denn mich erinnern.

Timing ist alles, sagen die Leute, und sie haben recht. Du bist zeitgleich mit dem strahlenden Unglücksstern hier aufgetaucht. Ich betrachte dich als einen Boten. Du warst mein letzter Besucher, bevor ich die Türen von Burntcoat verriegelte, bevor wir alle uns einschlossen.

*

Als ich acht Jahre alt war, starb meine Mutter, und Naomi war geboren. Damals lebte mein Vater noch bei uns. Wir bewohnten ein Haus am Stadtrand. Die steile Straße führte zum Leuchtturm hinauf, von oben konnte man die Berge im Landesinneren sehen. Es war ein paar Tage vor Weihnachten. Die Gipfel waren schneebedeckt, die Luft war kalt und dünn wie Pergamentpapier. Wir wollten Geschenke kaufen, und mein Vater hatte beschlossen, das Auto zu nehmen – das Puppenhaus, das ich mir wünschte, war sehr groß und sehr schwer, und so war ich mir ziemlich sicher, dass ich es bekommen würde. Meine Mutter hatte den ganzen Tag über Kopfschmerzen geklagt. Wann immer wir ein Geschäft betraten, zuckte sie zusammen.

*Das Licht ist so hell.*

Sie zog die Füße nach, musste sich immer wieder setzen, massierte sich die Schläfen. In der alten Stadtbücherei hatte sie sich, völlig untypisch für sie, nichts ausleihen wollen. Mein Vater war gereizt.

*Warum bist du, wenn du Migräne hast, überhaupt mitgekommen? Möchtest du nach Hause?*

Auf dem Rückweg zum Auto stolperte sie. Mein Vater war ein Stück vorausgelaufen, um den Motor zu starten und die Heizung aufzudrehen, deswegen bekam er es nicht mit. Meine Mutter verlor das Gleichgewicht und stürzte auf den Gehweg. Ganz kurz kniete sie im Schneematsch, dann setzte sie sich auf.

*Adam,* sagte sie. *Wo ist Edith? Ist sie da?*

Sie klang ganz ruhig. Sie sprach sehr langsam.

*Adam, ich kann sie nicht sehen.*

Ich hielt es für ein interessantes neues Spiel. Manchmal konnte sie sehr albern und witzig sein. *Hier bin ich nicht, Mami,* sagte ich und ging um sie herum. *Und hier auch nicht.* Sie hob eine Hand und griff vorsichtig in die Luft.

*Ich kann nichts sehen.*

Ich hockte mich vor sie, musterte ihr Gesicht, wackelte mit dem Kopf. Ihre Augen folgten mir nicht. Eine Iris sah aus wie ein schwarzer Planet.

*Papa!*, rief ich.

Mein Vater kam zurück.

*Lass mich mal*, sagte er. *Naomi, was ist los? Warum sitzt du im Dreck?*

Sie streckte die Arme aus, er nahm ihre Hände und zog sie in die Höhe. Sobald er losließ, schwankte sie und sackte abermals zu Boden.

Er half ihr über den Parkplatz, öffnete die Tür des Volvo und setzte sie auf die Rückbank. Sie war mit jedem Schritt schwächer geworden, wie ein Spielzeug mit leerer Batterie. Sie streckte sich auf der roten Lederbank aus, stumm und mit weit aufgerissenen, leeren Augen.

*Du steigst vorn ein*, sagte er zu mir.

Ich hatte noch nie vorn sitzen dürfen. Ich schob die Metallzunge des Anschnallgurts ins Schloss. Der Gurt war für Erwachsene eingestellt und zu locker. Mein Vater ließ den Wagen an und fuhr in aller Ruhe los. Wir hielten an jeder roten Ampel. Aus irgendeinem Grund dachte ich, wir würden nach Hause fahren. Ich drehte mich immer wieder um. Meine Mutter atmete schnell, inzwischen hingen ihre Augenlider. Sie wollte etwas sagen, brachte aber nur Babylaute heraus. Ihre Kehle klickte. Als ich mich das nächste Mal zu ihr umdrehte, war ihr Gesicht von einer stückigen Flüssigkeit bedeckt.

*Mama hat sich übergeben. Sie übergibt sich.*

*Alles klar, danke, Edith*, sagte mein Vater.

Ich hatte keine Angst. Was gerade passierte, schien niemanden im Auto zu verängstigen.

*Dreh dich wieder um und setz dich hin.*

Er fuhr zum Krankenhaus, hielt vor dem Eingang der Notaufnahme und zog die Handbremse an.

*Du wartest hier*, sagte er.

*Ich will mit rein.*

*Nein*, sagte er.

*Aber ich will mit Mama gehen.*

Er langte über die Handbremse und schlug mir auf den Oberschenkel, ein unbeholfener, energischer Klaps, der mir durch Rock und Strumpfhose stach. Dann stieg er aus, verschwand in der Notaufnahme und kehrte mit einem Pförtner und einem Rollstuhl zurück. Sie zogen Naomi von der Rückbank und hoben sie in den Rollstuhl, und ich schaute zu, wie sie hineingeschoben wurde. Ihr Oberkörper hatte Schlagseite. Meine Augen wurden nass, die Tränen brachen das Licht, und ganz kurz hingen da zwei Frauen in zwei Rollstühlen. Ich blinzelte, und eine verschwand. Im Auto roch es säuerlich. Die Seitenscheibe erblühte kalt unter meiner Handfläche. Neben dem Auto hielt ein Rettungswagen, die Sanitäter zogen eine Trage heraus.

Mein Vater kam zurück. Er entschuldigte sich nicht. Ich schwieg, während er das Auto in eine Parklücke umsetzte. Im Krankenhaus legte er mir eine Hand zwischen die Schulterblätter und dirigierte mich wortlos durch die Korridore.

Die Frau am Empfang gab mir ein paar Kinderbücher.

*Du siehst wie ein schlaues kleines Mädchen aus*, sagte sie. *Ich wette, du kannst schon allein lesen?*

Ich hörte, wie sie mit den Ärzten redete, mit meinem Vater, mit Anrufern. Anscheinend musste meine Mutter so schnell wie möglich in eine andere Klinik verlegt werden. Als mein Vater kurz zur Toilette ging, schlich ich an den Tresen und fragte, ob ich meine Mutter sehen dürfe.

*Oh nein, Schätzchen, das geht nicht. Sie ist sehr krank. Sie muss operiert werden.*

*Was fehlt ihr denn?*, fragte ich. *Liegt es an den Kopfschmerzen?*

Die Frau nickte und sah erfreut aus, als wären wir in der Schule und als hätte ich die richtige Antwort gegeben. *Ja, Schätzchen. Sie hat ein Blutgerinnsel im Gehirn. Oh, es geht schon los …*

Der landende Helikopter war nicht zu überhören. Die wütenden Rotorblätter, die stampfende Luft vor dem Gebäude. Auf einmal begriff ich, dass es ernst war. Helikopter wurden eingesetzt, um abgestürzte Kletterer aus Schluchten zu bergen und Leben zu retten. Ganz kurz glaubte ich, wir würden alle mitfliegen, und plötzlich war ich hellwach vor Aufregung und Angst, denn ich war noch nie geflogen. Aber da hob der Helikopter auch schon wieder ab, noch lauter als bei der Landung. Ein Rotorenheulen, ein ohrenbetäubendes Tosen, das bald zu einem fernen Brummton verhallte.

Mein Vater fuhr mich nach Hause, machte mir einen Toast und schickte mich ins Bett.

*Du musst jetzt ein großes Mädchen sein, Edith.*

Ich lag auf dem Rücken und sah die Sterne unter der Kinderzimmerdecke leuchten.

Am nächsten Morgen erzählte er mir, dass meine Mutter nach Newcastle geflogen und operiert worden war. Sie würde für mehrere Wochen im Krankenhaus bleiben.

*Es war ein sehr komplizierter Eingriff. Sie mussten Sachen machen, die zur Folge haben, dass sie vorübergehend nicht sie selbst sein wird. Es könnte sogar sein, dass sie dich nicht wiedererkennt.*

Er trug immer noch dieselbe Kleidung wie am Vortag. Seine Augen waren geschwollen. Sein ganzes Gesicht wirkte geschwollen, als hätten sich die Züge aufgelöst.

*Doch, sie wird mich wiedererkennen*, sagte ich.

Er schüttelte den Kopf.

*Sie ist nicht bei Bewusstsein. Christines Mutter wird sich heute um dich kümmern.*

Wir verbrachten ein elendes Weihnachten zu zweit und aßen Hackpasteten. Der Baum war nicht geschmückt, aber sein Duft war festlich und beruhigend. Kein Puppenhaus für mich. Mein Vater hatte mir in aller Eile einen Mantel gekauft und vergessen, das Preisschild zu entfernen. Am zweiten Weihnachtstag fuhr er wieder ins Krankenhaus. Christines

Eltern machten großes Aufhebens um mich und boten mir Schokolade und Milch an. Christine wollte wissen, ob meine Mutter sterben würde. Ich log und sagte, ich wäre im Helikopter mitgeflogen. Als mein Vater mich wieder abholte, unterhielt er sich leise mit Christines Mutter, während ich mir Mantel und Schuhe anzog.

*Wie in Frankenstein*, sagte er. *Der absolute Horror.*

Alle paar Tage trat er die lange Überlandfahrt an. Ich fragte immer wieder, wann ich sie sehen dürfe.

*Noch nicht*, sagte er jedes Mal. *Es geht ihr nicht gut. Sie kann sich nicht erinnern.*

Bei meinem ersten Besuch in der Reha-Klinik saß meine Mutter an einem Tisch und malte ein Bild. Auf ihrem Kopf sah ich einen rasierten Streifen mit einer riesigen Narbe, die sich wölbte wie eine Raupe. Eine Gesichtshälfte sah zu straff aus, fast wie geliftet. Ich blieb in der Tür stehen.

*Los*, sagte mein Vater. *Du wolltest doch unbedingt mit. Ich hole mir einen Kaffee.*

Er sah meine Mutter nicht an, er hatte ihr nicht einmal Hallo gesagt.

Mein Vater verschwand im Flur. Meine Mutter schien mich nicht zu bemerken. Sie trug einen hellblauen Pyjama mit weißen Schneeflocken, der sie jünger wirken ließ. Hinter mir tauchte eine Schwester auf.

*Du bist bestimmt Edith. Deine Mama hat dich sehr vermisst. Komm!*

Sie begleitete mich an den Tisch und zog einen Stuhl heraus. Ich setzte mich. Die Schwester legte meiner Mutter behutsam ein Tuch über die wulstige, lila Quaddel und verknotete es im Nacken.

*Bitte sehr.*

Aber ich bekam den furchtbaren Anblick nicht mehr aus dem Kopf. Die Zeichnung auf dem Tisch war kindlich und zeigte einen Baum oder eine Gestalt. Meine Mutter schien nicht genau zu wissen, in welche Richtung die Linie weitergehen sollte. Ich nahm ihr den Stift aus der Hand. Sie sah mich an. Ihr Blick war leer, aber neugierig, wie der eines Vogels, der ein Objekt am Boden untersucht. Ich führte die Linie weiter und zeichnete ein Nest mit gesprenkelten Eiern auf den Ast. Ihr Mund klappte ein paar Mal auf und zu, ein nasses Ploppen. Sie konzentrierte sich, als bräuchte sie den ganzen Körper dazu, und sagte: *Ih, bi, na, mi.* Ich sah die Krankenschwester an, sie lächelte.

*Was hat sie gesagt?*, fragte ich.

Die Krankenschwester legte ihre Hände auf die Schultern meiner Mutter und stoppte das immer heftigere Schaukeln.

*Sie hat sich vorgestellt. Sie hat gesagt: Ich bin Naomi.*

Die Blutung hatte massive Schäden angerichtet, die Operation hatte ihren Preis. Ein exakt bemessenes Stück Knochen war herausgesägt und entfernt, das unberührte Vakuum des Organs verletzt worden. Man hatte das Gefäß abgeklemmt, das Gewebe geflickt und den Blutfluss umgeleitet. Entgegen aller Wahrscheinlichkeit hatte der Riss meine Mutter nicht umgebracht. Naomi würde sich wieder erholen, langsam und in anatomischer Hinsicht, aber während der Reparatur war etwas Grundlegendes zerstört worden: das komplexe Archiv ihrer Gedanken, Erinnerungen, Gefühle, Persönlichkeit. Man hatte ihr Leben retten könne, aber nicht ihr Ich.

Die Computertomografie nach der OP zeigte ein zweites Aneurysma, unzugänglich und damit inoperabel. Im Kopf meiner Mutter hing ein weiteres weiches, rotes Schwert. Nach der OP, als sie wieder ansprechbar war, klärte man sie darüber auf. Sie nahm die Information entgegen wie einen zusätzlichen ärztlichen Hinweis zu ihrer Genesung; wie eine neue Art zu leben, nur eben mit dem Tod als ständigem Begleiter.

Wer sie war und wer sie nicht mehr war, bestimmte unseren Alltag. Als ich Jahre später an einem internationalen Austauschprogramm in Japan teilnahm, versuchte ich, es meinem Lehrer Shun zu erklären. Ich wohnte bei seiner Familie und erlernte eine Technik der Holzverbrennung, mit der ich bis heute arbeite. Das Reisestipendium kam vom Malin Centre, dessen Leiterin sechs außergewöhnliche Praktikumsplätze eingerichtet hatte: junge Künstlerinnen zu Gast bei Kunsthandwerkern auf der ganzen Welt. Ich war in einem Dorf in der Nähe von Kyoto untergekommen, mitten in einem riesigen, rot glühenden Wald.

Im Laufe der Monate hatten Shun und ich eine distanzierte Freundschaft aufgebaut. Ich aß zusammen mit seiner Familie, die ich mit meinem Unwissen und meinen fehlenden

Manieren sanft vor den Kopf stieß. Den Kindern spielte ich über Kopfhörer meine Musik vor. Shuns Arbeiten waren bemerkenswert und gingen weit über das Tischlern hinaus. Er schuf nicht nur Fassaden für traditionelle Wohnhäuser, sondern auch massive, geschwärzte Skulpturen, die er in die ganze Welt verkaufte. Ich war seine erste Schülerin aus dem Westen. Ich hantierte mit Löschrohren und Harzen und versuchte, mich aus dem Korsett der bildenden Kunst zu befreien. Shuns Englisch war gut; bevor er in die Fußstapfen seines Vaters getreten war, hatte er in Kalifornien studiert. An den meisten Tagen fand er mich wahrscheinlich ebenso lästig wie unterhaltsam. Er zeigte mir, wie man die verbrannte Holzschicht mit einer Drahtbürste behandelt und die Maserung darunter freilegt. Als ich ihm von Naomi erzählte, hielt er inne.

*Das Wort Identität ist gerade erst bei uns angekommen*, sagte er. *Es ist einzigartig. Wir haben keine Übersetzung dafür.*

*Ihr individueller Charakter, Shun. Du weißt, was ich meine.*

*Nein.*

*Ihr Wesen, ihr Naomi-sein!*

Ich hatte gerade meinen Abschluss an der Kunsthochschule gemacht und war dabei, mich auszuprobieren und ein eigenes Verfahren zu entwickeln. An diesem eigenartigen, stillen, fremden Ort fühlte ich mich verloren. Gaijin: eine bizarre Person von außerhalb. Shun hob die Hand und deutete in den Wald, wo die Zedern in grün erleuchteten Reihen standen.

*Sie ist deine Mutter. Solange sie nicht von allem getrennt ist, kann sie ihr Wesen nicht verlieren.*

Damals war mir das wie eine schöne Leugnung des Konzepts erschienen.

*

Als ich heute Morgen auf dem Markt war, spürte ich einen ersten Anflug von Panik. Die Buden, lange Reihen aus Obst, Fisch und Ledergürteln, standen zu dicht beieinander. An den Engstellen musste ich mich an den Leuten vorbeizwängen. Das ganze Land und der größte Teil der Welt sind geimpft, deshalb darf ich öffentliche Luft atmen und mit anderen interagieren; es gilt nicht länger als Straftat. Ich trug eine gewöhnliche, weiße, vom Gesundheitsamt ausgegebene Maske und sah aus, als hätte ich bloß eine Erkältung. Oft bedecke ich meine Hände, vor allem, wenn ich arbeite oder den Karren durch die Stadt ziehe. Die medizinischen Silikonhandschuhe hatte ich mit Klebeband an meinen Handgelenken fixiert.

Der Tag war warm. Die Leute trugen ärmellose Kleidung und genossen die ersten echten Sonnenstrahlen. Die Stadt ist klein, man kennt sich. Die Cafébetreiberinnen, die Taxifahrer. Auf der Kreuzung unterhalb der Burg regelt Sam den Verkehr, Ginny verkauft handgemachte Seifen und übernachtet im Park. Die Markthändler sind meinen Anblick gewohnt, wie ich im Overall den Karren durch die Straßen ziehe, meistens mit lila getönter Brille und manchmal, wenn mir der Lärm zu viel wird, mit Gehörschutz. Sie halten mich für eine kauzige Millionärin, was zur Hälfte sogar stimmt. Mit den blau verpackten Händen wirke ich wahrscheinlich noch schrulliger. Oder wie das, was ich bin: ansteckend und paranoid.

Rostam bemerkte es sofort. Sein Blick verneigte sich kurz und wanderte dann aufwärts in mein Gesicht. Möglicherweise bildete ich mir nur ein, dass er plötzlich die Vergangenheit vor Augen hatte, zurückwich und sich dann wieder fing. Manche Leute erinnern sich, andere entscheiden sich bewusst dagegen. Die Anpassung hat uns viel Zeit gekostet.

*Madam*, sagte er. *Wie schön, Sie zu sehen. Ich habe eine Lieferung aus Damaskus bekommen. Zartes Aroma! Mein Freund aus dem Kollektiv hat mir einen Sonderpreis gemacht, den ich an Sie weitergeben könnte.*

Rostam ist unser Straßenkönig, ein Herrscher des Basars in Ledermantel und Trilby. Ich kann mich erinnern, wie er den Stand damals übernahm, ein junger Mann mit wulstiger Stirn, getrieben von Demut und verzweifeltem Optimismus. Dich hatte er über andere Einwanderer kennengelernt, über ein weitverzweigtes Netzwerk aus Cousins. Nicht, dass wir über dich sprechen würden; die Vergangenheit ist einfach in uns. Hin und wieder kaufe ich an seinem Stand ein. Ich mag die importierten Rosenblätter, aber für gefärbte Tulpen und Palmengärten habe ich nichts übrig. Trotzdem behandelt Rostam mich wie ein Mitglied der königlichen Familie oder wie eine Kundin, die regelmäßig ein Vermögen für Blumensträuße ausgibt.

*Nein, danke, ich brauche keinen Tee.*

Ich war wortkarger als sonst. Ich versuchte, meine Hände zu verstecken, und erklärte ihm, welche Blüten ich suchte – der Baum solle bereits Knospen tragen oder binnen einer Woche entwickeln. Innerhalb dieses Zeitfensters. Spätestens in zehn Tagen. Falls er mir nicht helfen könne, sagte ich, würde ich es woanders versuchen. Ich wusste natürlich, dass er es schaffen würde, denn seine Handelsbeziehungen reichen weit über den Markt hinaus. Vielleicht klang ich ein bisschen zu ungeduldig, denn zunächst wirkte er bestürzt. Er ergriff meine Plastikhände und hielt sie fest. Ich spürte seine Körperwärme durch die Handschuhe, und es kostete mich einiges an Willenskraft, mich nicht loszumachen und einfach zu gehen. Auf dem Markt wurde geklappert und geschrien, trotzdem hob das vertraute Geräusch an, rhythmisch und ebenso hoch wie tief. Wie elektrisch zischende Wellen, die sich über eine festgelegte Strecke aufbauen, aufwallen und dann brechen. Ich bilde mir nicht ein, dass andere sie ebenfalls hören, auch wenn sie direkt aus den Mündern zu kommen scheinen, aus den Lücken zwischen den Gebäuden, winzige Atome aus Schall.

*Verstehe. Ich werde einen für Sie besorgen.*

Rostam sprach leise und sparte sich jedes Händlergebaren.

*Sie müssen mir versprechen, nirgendwo anders hinzugehen. Ich werde mich darum kümmern, in Ordnung?*

*Ja. Danke.*

Er drückte noch einmal meine Hände und ließ dann los. Seine Freundlichkeit rührte mich. Ich wusste, er hätte es niemals offen angesprochen. Er ersparte mir sein Mitleid. Er ist ein Mensch, der die Masken zu lesen weiß; er sieht, was sie verbergen und was die Täuschung offenbart. Ich ging weiter, drückte mir die Hände auf die Ohren und stellte mich eine Weile zu den Fahrradständern unter die Kastanie, deren breite Blätter die Stadtenergie und den überwältigenden Krach verschluckten. Ich sah zum Café hinüber. Es ist jetzt dunkelblau gestrichen. Davor steht eine schmiedeeiserne Bank, auf der die Tauben herumlaufen oder aufgereiht sitzen.

Ich war ein paar Mal dort. Der Kaffee ist gut, bezahlbar, frei von Zichorien. Nach dir kamen neue Betreiber und eröffneten ein veganes Deli, eine Schneiderei, einmal sogar ein Ramen-Restaurant.

Ich saß am Fenster, legte die Hände um die Schale und dachte an Shuns Frau Umeko, die meine Technik so sanft korrigiert hatte, als wäre ich ein Kind. Das Eigelb auf den erlesenen Speisen erinnerte mich an das orange Auge in der Mitte eines Zedernstamms. Das Lokal war klein, der Platz reichte gerade für sieben Tische, aber inzwischen haben sie den ersten und zweiten Stock dazugenommen.

Doch die Erinnerungen bleiben, trotz des frischen Anstrichs und trotz der neuen Besitzer.

*Bei welchem Namen soll ich dich nennen?*

*Beim ersten. Halit.*

Im Fenster hing ein Schild: zu verkaufen. Vor dem Eingang kräuselte sich die Luft, als würde aus dem Innenraum

Dampf abgelassen. Ich wandte mich ab und ging auf einem Umweg nach Hause.

Zum ersten Mal hatte ich das Restaurant an einem Januartag besucht. Der Name war auf den Türsturz gemalt: Biraz. Offensichtlich konnte es sich nicht entscheiden, was es sein wollte: Neben der Bar standen Bücherregale, zu hohe Pflanzen wölbten sich über die Sitznischen. An den Wänden hingen Wandteppiche, gestickte Granatäpfel, Emaillegeschirr. Über der Kasse das Foto eines hageren Mannes mit Augenringen und Fünfzigerjahrehut, der mit seinem Hund in einem Boot sitzt. In den winzigen Porzellanvasen steckten Rosmarinstängel und Zitronenmelisse. Die Leute tranken Kaffee, Wein oder Raki. Es gab nur eine einzige Kellnerin, die jung und überfordert wirkte. Und hinter dem Küchenvorhang: du.

Meine Freundinnen Kendra und Bee hatten gehört, das Essen sei fantastisch, konnten sich aber nicht auf die Küche einigen. Nordafrikanisch, Nahost, Fusion? Es gab keine Speisekarte; die Gerichte wurden angeboten und dann angenommen oder zurückgeschickt. Damals gingen wir nur selten aus. Ich lebte zurückgezogen und für meine Arbeit, Kendra hatte vor Kurzem ein Baby bekommen.

An dem Tag hatte sie mich genötigt, das Atelier zu verlassen und mich zu waschen und umzuziehen. Sie hatte das Baby zu ihrer Schwiegermutter gebracht und war fest entschlossen, etwas zu essen, was sie nicht selbst gekocht hatte.

*Geradezu glamourös für deine Verhältnisse*, sagte sie, als ich ihr im Holzfällerhemd die Tür öffnete. *Mach wenigstens den oberen Knopf auf, Liebes. Und jetzt lass uns gehen, bevor ich auslaufe.*

Meine Haare waren ein gutes Stück nachgewachsen. Nach dem unerwarteten, überwältigenden Erfolg und dem vorübergehenden Verlust meines Selbst hatte sich die Aufregung gelegt. Meine Knochen waren wieder ins Fleisch eingesunken.

*Muss das sein?*, hatte ich gefragt.

Draußen war es kalt. Die Luft war steif und roch nach Schwarzpulver und Salz – Winter. Der Monat wirkte jetzt schon wie abgestorben. Ich hatte den ganzen Tag im Atelier verbracht, mit Mütze und Handschuhen.

*Hast du denn nicht gehört, was für schreckliche Sachen da draußen passieren? Kriege. Monsterkeime. Nicks Mutter. Wir sollten das Leben genießen, solange wir können.*

Kendra kramte in ihrer Tasche, fand einen Lippenstift und hielt ihn mir hin.

*Hier. Kahlo-Rot.*

Als der erste Gang aufgetragen wurde, hatten wir schon fast eine Flasche Wein geleert. Die Kellnerin war verschwunden. Du bist aus der Küche an unseren Tisch gekommen und hast die Schüssel so vorsichtig getragen wie ein Vogelnest. Aus irgendeinem Grund waren die Haselnüsse von würzigem Zucker ummantelt, jede einzelne trug eine eigene, kleine Glashülle. Du hast die Schüssel in die Tischmitte gestellt und dann mein Messer zurechtgerückt, obwohl es absolut gerade lag. Deine Bewegungen waren so geschmeidig und anmutig wie die einer muskulösen, aufrecht gehenden Katze. Das Blau deiner Augen schimmerte wie eine Ablagerung, als befände sich darunter noch mehr Farbe. Ich starrte dich unverhohlen an, durch deine Fragen hindurch. War der Wein in Ordnung? Saßen wir bequem? Mochte eine von uns keinen Oktopus?

*Ich liebe Oktopus*, sagte Bee, obwohl sie Meeresfrüchte hasste.

Ich glaube nicht an Schicksal. Damals glaubte ich an nichts außer meine Arbeit. Es war nicht so, als wärst du mir vage bekannt vorgekommen; ich konnte einfach nicht aufhören, dich anzustarren. Die erstaunliche Geschwindigkeit des Begehrens. Knochenbau. Körpermasse. Geruch. So fängt es an, mit einer körperlichen Intuition. Du hast dich ungezwungen mit meinen Freundinnen unterhalten, Kendras Fragen beantwortet und dabei immer wieder mich angesehen. Ja, das Restaurant gehörte dir. Ja, du kanntest The Anchorman, den Pub von Kendras Mann. Nein, du warst kein Franzose, obwohl viele Leute dich aufgrund deines Akzents für einen hielten. Auch Bee starrte dich an, allerdings weniger unverblümt. Sie war so gut wie verheiratet. Ich hingegen war Single, hatte eine Reihe von Beziehungen beendet, die ich weder vertiefen noch weiterführen wollte, und im fatalen Alter von zweiunddreißig verkündet, mich nur noch meiner Kunst zu widmen. Du hast erst unsere Gruppe angelächelt und dann nur noch mich, dann hast du dich entschuldigt und bist wieder in die Küche verschwunden. Hinter dir schloss sich der schwingende Vorhang.

*Endlich gerät das Blut in Wallung!*

Ich drehte mich wieder zum Tisch um, Kendra grinste mich an.

Ich trank zu viel, gerade genug, um mich von mir selbst zu befreien und mit den Backgammonspielern am Nebentisch zu flirten. Du bist immer wieder lächelnd in den Gastraum gekommen, und weil ich keine Spielerin bin, verwandelten sich die Andeutungen nach einer Weile in etwas anderes. Vorahnung. Verheißung. Wir erkundeten, was noch passieren würde, die nasse Landkarte der Intimität, die Hingabe.

*War das Essen in Ordnung?*, hast du gefragt, als ich zahlen wollte. *Hatten Sie einen schönen Abend?*

Die anderen waren schon gegangen, damit ich unbedingt die Initiative ergriff. Das Restaurant war jetzt leer, alle Bretter und Spielsteine weggeräumt, die Kellnerin verschwunden. In deiner Iris ein Fleck, silbergrau wie eine abgebrochene Messerspitze.

*Ich mochte das Gericht mit den Maulbeeren.*

*Das Tabbouleh?*

*Ja.*

*Danke. Freut mich, dass es Ihnen geschmeckt hat.*

Du hast das Geld genommen und mir eine Quittung ausgestellt. Ich hatte etwas Harz am Hemdärmel, rötlich wie ein Weinfleck.

*Bak*, hast du gesagt und nach der Manschette gegriffen.

Du hast einen Lappen genommen und versucht, den Fleck herauszureiben. Unter deiner Kochmütze ragte ein Pferdeschwanz heraus, ein dunkler, kurz getrimmter Bart umrahmte deinen Mund.

*Der geht nicht mehr raus*, sagte ich. *Das ist Holzteer.*

Obwohl dein Finger unter der Manschette steckte, hast du mich nicht berührt. Deine Manieren waren tadellos. Du hast losgelassen, mein Arm sank langsam abwärts. Ich hatte geduscht, aber möglicherweise roch ich immer noch nach Rauch und Harz. Ich wusste, was ich war. Ich richtete mich unwillkürlich auf wie aus einem Gebüsch, wie ein Wesen, das sich deutlich von der Landschaft abheben will.

*Möchtest du was trinken gehen?*, fragte ich. *Mit mir?*

Dein Lächeln verebbte, deine Augen leuchteten nicht mehr, die Fältchen darunter glätteten sich. Der joviale Gastgeber war verschwunden.

*Jetzt? Oh. Ich brauche hier noch mindestens vierzig Minuten, eher eine Stunde. Ich muss die Küche putzen und mich umziehen. Das wird sehr spät.*

Ich wusste nicht genau, ob es ein Nein war. Ich stand dumm da und sagte nichts, während sich in meiner Brust ein Taubheitsgefühl ausbreitete. Ganz offensichtlich hattest du alle Hände voll zu tun, und plötzlich wurde mir bewusst, dass es für so etwas Regeln gab und eine verfeinerte Kommunikation, die ich nicht beherrschte. Meine Direktheit kam einem Übergriff gleich. Du hast kurz nachgedacht und dann genickt.

*Wir können uns treffen. Sag mir einfach, wo.*

Unweit des Flusses gab es eine Bar, die bis in den späten Abend Kaffee und Cocktails servierte. Ich setzte mich an einen Ecktisch, drückte am weichen Wachs der Kerze herum und fragte mich, was für eine Fantasie ich da entworfen und dann zertrümmert hatte. Ich ging in die Damentoilette, musterte mich im Spiegel, strich mir mit nassen Händen das Haar aus der Stirn, öffnete den oberen Hemdknopf. An meiner Halskette hing die goldene Pfauenfeder, eines der wenigen Schmuckstücke in meinem Besitz. Du kamst früher als angekündigt und ohne die weiße Jacke. In Jeans und verwaschenem Hemd sahst du verändert aus. Deine Haare waren lang und fielen dir bis auf den Kragen. Du hattest Deo benutzt, aber die Küche war immer noch zu riechen. Frittierfett und Knoblauch. Der Zauber war verflogen, aber er hatte nicht unbedingt der Enttäuschung Platz gemacht, eher einer gewissen Planlosigkeit. Du hast mich auf beide Wangen geküsst. Im Gespräch waren deine Sätze weniger flüssig, was vielleicht an deiner Nervosität lag. Ich wusste nicht genau, ob ich mich für den Vorstoß entschuldigen sollte. Im Restaurant hatte ich mir den Sex gut vorstellen können, ich hatte ihn fast schon gespürt. Warme, schweißnasse Haut, glitschiges, sämiges Weiß. Aber in der Bar waren wir wie auf Anfang gesetzt, ähnlich wie zwei Kinder, die sich umständehalber anfreunden müssen und fieberhaft nach Gemeinsamkeiten suchen.

*Wo kommst du her?*

*Ich bin eine Mischung. Ich habe in verschiedenen Ländern gelebt. Meine Englischlehrerin war Schottin. Ich wohne schon seit zehn Jahren hier. Verzeihung – ich habe gar nicht nach deinem Namen gefragt.*

*Edith.*

*Edith. Das ist hübsch.*

Du hast dich förmlich vorgestellt und kurz und knapp die Gründe für deine doppelte Staatsbürgerschaft geschildert, und die Vertreibung deiner Familie während deiner Kindheit. Die Erklärung klang routiniert, als hättest du sie schon viele Male vorgetragen.

*Ich wurde nach meinem Großvater benannt.*

*Wie lautet dein anderer Name? Der christliche?*

*Konstadin Konstadinov. Laut meinen Papieren ist er derjenige, der sich hier aufhält.*

Ich gestand dir, dass auch ich einen neuen Namen angenommen hatte. Du hast erfreut gewirkt, aber nicht weiter nachgefragt.

*Was ist Holzteer?*

*Ein Konservierungsmittel. Ich verwende es, um Oberflächen wasserdicht zu versiegeln.*

*Du bist Tischlerin?*

*Irgendwie schon. Ich stelle Objekte her, meistens für draußen. Sie sind ziemlich groß.*

*Eigentlich bin ich gar kein Koch. Ich habe Chemie studiert.*

Wir unterhielten uns über die Stadt, über Musik und unsere Vergangenheit, es kam zu ersten Andeutungen von Entbehrungen und Entwurzelung. Wir wohnten keine zwei Kilometer voneinander entfernt und waren einander trotzdem nie begegnet. Im Shaker des Barmanns krachten starke, klare Cocktails. Die unleserlichen Etiketten der Flaschen im Regal leuchteten türkis und rot wie in einer Apotheke. Wir waren die einzigen Gäste, und das schien bedeutsam. Die

Welt war vorübergehend ausgeschlossen. Als die Bar zumachte, gingen wir am überfrorenen Fluss spazieren. Unser Atem sah aus wie Rauch.

Das Date war seltsam unschuldig. Erst bei der Verabschiedung auf dem Uferweg offenbarte sich die Wahrheit dessen, was ich mir vorgestellt hatte. Dein Mund unter dem stacheligen Bart war weich und schmeckte nach Anis. Das feuchte Flackern deiner Zunge wirkte wie ein Brandbeschleuniger. Unwillkürlich zog ich deine Hüfte an mich. Als zwei Betrunkene vorbeiwankten, hast du mich an den kalten, schmiedeeisernen Mauerbeschlag gedrückt und einfach weitergemacht; wir waren noch berauschter als sie. Plötzlich schien die Luft vergiftet. Sobald wir uns voneinander lösten, fühlte es sich an wie Ertrinken. Atmen konnten wir nur Mund an Mund.

*

Burntcoat steht am Rand des alten Industriegebiets, wo der Fluss von ehemaligen Mietskasernen, Lagerhallen und Docks gesäumt wird. Meine Freundinnen wohnten im viktorianischen Altbauviertel und fanden meinen Plan einfach nur verrückt, aber dann erklärte ich ihnen, wie viel Platz ich benötigte. Die Geschichte des Gebäudes ist nur lückenhaft dokumentiert, deshalb weiß ich nicht, welchem Zweck es ursprünglich diente. Vielleicht war es ein Speicher, eine Auktionshalle, ein Umschlagplatz für Vieh oder vom Mündungsgebiet heraufgeschiffte Waren, oder vielleicht wurden hier Masten repariert. Ich kaufte eine Ruine voller Taubenscheiße, Blechdosen und Kondome. Fast zwei Jahrhunderte des Verfalls und der illegalen Nutzung hatten es vollkommen verschandelt, es war billig und stand nicht einmal unter Denkmalschutz. Die Urkunden liefern keine Erklärung für den Namen, der möglicherweise auf einen Kaufmann oder einen schweren Brand zurückgeht. Ich gestehe, dass ich das Gebäude vor allem wegen seines Namens besitzen wollte, und wegen seiner Proportionen. So etwas sollte eigentlich keine Rolle spielen, tat es aber. Nach allgemeinen Maßstäben ist Burntcoat selbst im sanierten Zustand hässlich, eine Lagerhalle, aber es steht am glitzernden Fluss wie ein altes Weib vor einem leuchtenden Spiegel. Manchmal bleiben die Leute auf der Straße stehen und versuchen, die Schrift an der Ziegelmauer zu entziffern.

Auf diesem Abschnitt ist der Fluss langsam und trüb. Überall vom sauren Regen geschädigte Weiden zwischen Rangiergleisen, durch Ketten abgetrennte Einstiegsstellen, Treppenstufen, die im Wasser verschwinden. An den Brücken Graffiti, auf der Wasseroberfläche Treibgut und Ölschlieren. Die alten, hölzernen Bootshäuser wurden abgerissen oder biegen sich unter der Fäulnis. Die Fabrikgebäude wurden zu schicken Lofts umgebaut.

Nach der Kunsthochschule und dem Kollektiv, diesem frühen Glück, hatte ich mit dem Gedanken gespielt, wieder ins Hochland zu ziehen, doch es erschien mir zu nostalgisch, ein Territorium der Vergangenheit. Es war Naomis Welt.

Nach der Krankheit hatte sie sich der Wildnis anheimgegeben. Ich überlegte mir einen Kompromiss und ließ mich am äußersten Rand der Region nieder, wo die Landschaft sich dem Himmel öffnet und wo es trotzdem Menschen gibt und eine direkte Bahnverbindung in die Hauptstadt. Inzwischen liebe ich diesen Zwischenort, seine Ladekräne und ertrunkenen Wurzeln, die versteckten Kanäle, die algenfleckigen Boote und die Schiffsausrüster.

Im Jahr von Naomis Genesung ging es mit der Beziehung meiner Eltern rapide bergab. Wie glücklich sie früher gewesen waren und welche Sollbruchstellen es gegeben hatte, konnte ich nicht beurteilen. Mein Vater leitete das örtliche Theater und meine Mutter schrieb Bücher, in der Stadt waren sie ein bekanntes Künstlerpaar. Wahrscheinlich hatte es Eifersüchteleien gegeben, und auch ein Gleichgewicht des Erfolgs. Ich habe oft beobachtet, dass Letzteres gefährdet ist, sobald die Frauen aufsteigen. Oder wenn sie abstürzen.

Niemand glaubte daran, dass sie je wieder etwas veröffentlichen würde. Als sie in das Haus am Leuchtturm zurückkehrte, konnte sie immer noch nicht wieder arbeiten. Sie verwechselte Wörter, zerbrach Dinge, nässte sich ein. Es gab Zimmerbrände, überlaufende Badewannen, in Sockenschubladen verstaute Fische. Es war wie im absurden Theater.

*Gib mir mal den Tisch, ich möchte ihn anziehen. Draußen sieht es nach Zwiebeln aus.*

Ich fand es lustig, und wenn ich lachte, schien es Naomi besser zu gehen. Mein Vater wurde ungeduldig.

*Du bist ihr keine Hilfe, Edith. Sie meint das ernst.*

Ihm blieb die Scham. Naomi war nichts peinlich, sie kümmerte sich nicht mehr um ihr Äußeres. Früher hatte sie ausgefallene Hüte und einen russischen Mantel mit Stickereien und Federkragen getragen. Sie hatte einen Agenten gehabt. Jetzt wusch sie sich kaum noch und zupfte an ihren Lippen. Wenn sie nervös war, stieß sie fremdartige Laute aus, die an ein Muhen erinnerten.

Ein Mal pro Woche kam die Logopädin vorbei.

*Ping, pang, pong. Haus, Maus, Laus.*

*Naomi, sagen Sie einen albernen Satz und dann einen vernünftigen Satz. Strecken Sie die Zunge heraus. Breites Grinsen. Kussmund.*

Eine Zeit lang lasen wir auf demselben Niveau. Wir beugten uns zusammen über meine Comics und Abenteuergeschichten. Sie war wie eine große, behinderte Schwester. Ich versuchte zu helfen, lernte Tee zu kochen, mir die Haare selbst zu kämmen und die Waschmaschine zu bedienen. Kleinere Missgeschicke, die meinen Vater verärgert hätten, beseitigte ich schnell, oder ich nahm sie auf mich. Das über dem Fernseher aufgeschlagene Ei.

Ich konnte fühlen, wie sein Groll wuchs. Es kam zu weiteren Enttäuschungen. Wo vorher ihre Gefühle gewesen waren, gab es jetzt nur noch Undurchdringlichkeit. Sie konnte sich nicht daran erinnern, ihn jemals geliebt zu haben. Ich hörte die beiden im Nebenzimmer streiten.

*Du bist nicht mehr die Frau, die ich geheiratet habe, Naomi. Du bist nicht mehr meine Frau. Was soll ich denn machen?*

Wenn es besonders schlimm war, brüllte er herum und schlug die Türen, während sie ihn verständnislos ansah. Am Ende glaubte er wahrscheinlich, dass sie das alles absichtlich tat, dass sie beschlossen hatte, aus ihrem alten Leben zu verschwinden. Er baute sich vor ihr auf, in der Hand eins ihrer Bücher.

*Das hier, das bist du!*

Als er ging, wollte er mich mitnehmen. Er steckte mich in den Weihnachtsmantel und schob mich zur Haustür. Ich machte mich los, rannte zurück zu Naomi und versteckte mich hinter ihr.

*Komm sofort her, Edith.*

Naomi griff zum Schürhaken und hob den Arm. Sie summte leise, die Melodie war minimalistisch und ein bisschen schief, wie bei einem Kirchenlied. Ich war elektrisiert und vollkommen entsetzt. Seit der Operation hatte sie sich keine starken Gefühle mehr anmerken lassen.

*Du bist wirklich unglaublich. Es reicht. Edith, komm bitte her.*

Ich verstand seinen schrillen Unterton nicht, und auch nicht seine Verzweiflung. Ich schloss die Augen und klammerte mich an Naomis Rock. Ein Teil von mir wusste, dass ich eine schlechte Wahl getroffen hatte. Ich hatte mich für eine Person entschieden, die nicht mehr existierte. Für das Chaos.

*Na schön. Dann werde ich das Sorgerecht eben einklagen.*

Die Tür fiel ins Schloss.

Um sicherzustellen, dass meine Mutter sich ausreichend um mich kümmerte, teilte man uns eine Sozialarbeiterin zu. Ihr Name war Cheryl Bone. Sie hatte krauses, trockenes Haar und trug dicke Sandalen mit Schnallen. Ich hasste sie vom ersten Augenblick an. Sie folgte uns durchs Haus, stellte Fragen, schaute Naomi beim Kochen zu, beobachtete ihren Umgang mit mir. Sie sprach in einem großmütterlichen Falsetto.

*Meinen Sie, es ist angemessen, Edith allein auf den Dachboden zu lassen? Finden Sie es angemessen, dass sie die Wände bemalt? Sind Ediths Schuhe der feuchten Witterung angemessen? Ich bin nicht hier, um Sie zu kritisieren*, sagte sie, *ich will einfach nur dafür sorgen, dass wir den Kopf über Wasser halten. Betrachten Sie mich als Ihr Rettungsboot.*

Doch ihre Einmischung traf auf Naomis unbestechliche Logik, auf meinen kriegerischen Widerstand, auf unsere sich rasch entwickelnde Allianz.

*Aber Papier ist teuer und sollte nicht verschwendet werden, Cheryl. Es ist ihre Kunstgalerie!*

*Wenn Sie Mama sagen, Sie wären ein Boot, ist das sehr verwirrend, denn dann hält sie Sie wirklich für ein Boot.*

Naomi machte Fortschritte; einmal von den Erwartungen meines Vaters befreit, war ihre Entwicklung bemerkenswert. Vielleicht hatte sie verstanden, was auf dem Spiel stand. Ein nicht angekokeltes Stück Toast, im Topf erwärmte Dosenravioli, der abgestellte Gasherd. Sie erinnerte sich daran, dass sie mich zur Schule schicken musste und dass am Montag eine neue Woche anfing. Sie ließ sich beim Ausfüllen der

Sozialhilfeformulare unterstützen. Sie sprach mit dem Anwalt, dem Sachbearbeiter bei der Bank. Möglicherweise war ich in Gefahr, doch niemand konnte es beweisen. Aus dem Gutachten ging hervor, dass meine Fähigkeiten die von anderen Kindern meines Alters weit überstiegen. Am Ende entschied das Gericht, dass ich bei meiner Mutter bleiben durfte.

Manchmal kroch ich nachts zu ihr ins Bett, wenn sie schlief. Ihre Haut und ihr Geruch waren unverändert.

In Wahrheit wurde das Leben anstrengender. Ich hatte mehr Verantwortung und niemanden, der mich anleitete. Nach der freien, autodidaktischen Zeit zu Hause fiel es mir schwer, wieder in die Schule zu gehen. Die Lehrer waren bevormundend, der Unterricht brachte mir nichts. Nach ein paar Tests wurde ich als minderbegabt eingestuft. Naomi wurde einbestellt, man zeigte ihr die Auswertung. Ich hatte mir die Fragen nicht einmal durchgelesen, und wenn doch, hatte ich sie ignoriert. Die Multiple-Choice-Kästchen hatte ich mit Bleistift so ausgefüllt, dass sie einen Mann mit schweren Stiefeln ergaben.

*Ich glaube, Edith besitzt andere Fähigkeiten*, erklärte sie dem Schulleiter. *Können Sie die testen?*

Ich musste den Test wiederholen und bestand. Naomi musste ihre Fahrprüfung wiederholen und bestand. Mein Vater stellte die Unterhaltszahlungen ein. Ich hatte ihn seit fast einem Jahr nicht mehr gesehen.

Sie wurden geschieden. Eines Tages sagte Naomi: *Ich mag dieses Haus nicht. Es ist falsch. Es ist …*

Sie suchte nach dem passsenden Wort, konnte es aber nicht finden. Stattdessen fand sie ein bezahlbares Cottage im Hochmoor. Es stand am Ende einer langen, von Ebereschen und Ginster gesäumten Sackgasse. Truss Gap. Halb gesagt, halb getan. Mir kam es vor wie aus einem Märchenbuch, abgelegen und zugewuchert, der perfekte Schauplatz für eine Tragödie. Die Zimmer rochen nach Lehm und Stein, Ruß und Rosshaar. Das Cottage hatte keinen Stromanschluss, doch es gab einen alten Generator und ein Wasserrad, das regelmäßig von im Fluss treibenden Ästen und aufgewühlter Erde blockiert wurde. Im Garten standen zwei uralte Apfelbäume, die Blumen hatten sich selbst ausgesät. Hinter dem hohen Wildgatter erstreckte sich die Wildnis, das Marschland, die Schluchten, das Ende der Welt. Ganz in der Nähe erhob sich ein Berg, von dem torfschwarze Wasserfälle in bodenlose Becken donnerten. Im Winter gefroren die Sturzbäche zu Eissäulen, im Sommer kühlten sie meine mondweiße Haut. Manchmal badete ich den ganzen Tag darin.

Der Ortswechsel tat Naomi gut. Hier hatte sie weniger Begegnungen mit anderen Menschen, sie musste sich nicht mehr konventionell kleiden oder um angepasstes Verhalten bemühen. Sie baute Gemüse an und hielt Wachteln im Stall, deren winzige Eier an einen Himmel voller Tintenkleckse erinnerten. Das Risiko zu akzeptieren bescherte uns eine tiefgreifende Entlastung, eine Art Einklang. Bei Starkregen schwoll der Fluss tosend an, und ein kraftvoller, tyrannischer Wind fegte durchs Tal. Sie konnte jederzeit geholt werden. Sie wusste es und bot sich an.

Oft fragen mich die Leute, wie meine Kindheit war. Hat sie mich geprägt? Die Berge waren der Maßstab, an dem ich gemessen wurde, so wie alles andere auch. Ich liebte Truss Gap und die Weite, die uns umgab. Der Ort besaß eine starke, beängstigende Unterströmung. Ich dachte an immense, bewegliche Gesteinsplatten, an Riesen und Urwölfe. Beim Einschlafen hörten wir das Wasser rauschen, und ich träumte, wie das Haus fortgeschwemmt wurde; ich saß in einem Boot aus Stein und wurde in einen dunklen, unterirdischen See gespült, an jenen anderen Ort.

Kinder passen sich an und überbrücken die Lücken. Ich war so jung, und ich konnte so viel. Meine Freunde vermisste ich nicht. Wenn ich beim Klettern vom Baum fiel, schien mein Geheul Naomi ebenso zu verwundern wie die rote Flüssigkeit, die aus der Wunde tröpfelte. Ich musste sie daran erinnern, mir ein Pflaster zu holen. Wenn meine Klassenkameradinnen aus der Dorfschule mich zu Hause besuchten, spielte Naomi die Rolle einer Mutter und imitierte einfach, was sie bei anderen gesehen und gehört hatte.

*Ihr Süßen, möchtet ihr Milch und Kekse?*

Und dann vergaß sie, uns die Sachen zu bringen.

Die Mädchen aus meiner Klasse waren neugierig. Sicher stellten ihre Eltern Spekulationen über uns an. Wir waren in den Ort gekommen wie Flüchtlinge und sahen aus wie Bettelmönche.

*Ist deine Mutter Schauspielerin?*

*Warum redet sie so komisch?*

*Ist sie behindert?*

Die Dorfkinder waren die Söhne und Töchter von Bauern; sie waren praktisch veranlagt und misstrauisch. Weder ging Naomi an Beinschienen noch hatte sie einen Arm verloren.

*Sie unterrichtet*, erklärte ich. Und den Mädchen, denen ich vertraute, allen voran Kendra, verriet ich die halbe Wahrheit. *Sie hatte einen Unfall, und dabei wurde ihr Gehirn beschädigt.*

Naomi arbeitete nicht mehr wirklich. In den darauffolgenden Jahren veröffentlichte sie einen Kurzroman, der als skurrile, minderwertige Außenseiterkunst rezipiert wurde. Sie hatte ihn auf braunem Backpapier geschrieben und von einer Frau aus dem Ort abtippen lassen, weil sie ihre alte Olivetti nicht mehr bedienen konnte. Die Anordnung der Buchstaben fand sie verwirrend, das Tastengeräusch zu aggressiv. Sie leitete Schreibworkshops und stellte ihre eigene Kunst hintenan, ohne es als Triumph oder Niederlage zu empfinden.

Womit ließen sich diese Jahre vergleichen? Führten wir ein bürgerliches Leben? Es war gewöhnlich; es gehörte uns. Naomi und ich umwuchsen einander wie zwei Rebstöcke, die sich, um sich aufrecht zu halten, gegenseitig stützen müssen. Sie unterschrieb sämtliche Formulare und stellte die Schecks aus. Sie besaß den Führerschein. Nach dem Einkaufen fuhr ich uns über die einsame Betonstraße nach Hause, immer nur im zweiten Gang. Ich notierte, wie viele Flaschen der Milchmann bringen sollte, und ich lernte, wie man die Drosselklappe öffnete und den Generator anwarf. Wenn wir wichtige Post bekamen, eine Trauerkarte oder mein Turnabzeichen in Gold, zeichnete ich Naomi ein Gesicht mit der passenden Mimik – traurig, glücklich, schockiert. Sie nickte und versuchte, es sich zu merken.

Zum Geburtstag erhielt ich meistens einen Brief von meinem Vater, der inzwischen ausgewandert war. Die wunderschönen Briefmarken zeigten Blumen, Büffel und winterliche Landschaften. Sobald ich volljährig war, nahm ich Naomis Mädchennamen an: Harkness.

*

Ich würde Naomi gern erzählen, dass ich sie verstehen kann. Ich habe ein halbes Leben gebraucht, um den kalten Atem in meinem Nacken wahrzunehmen. Sie hatte ihn wahrscheinlich jeden Tag gespürt.

Und ich würde gern mit dir reden, so richtig, nicht in Rückblicken oder voller Sehnsucht, nicht über die unmögliche Distanz hinweg, die uns trennt.

Ich habe dir das Tal nie gezeigt. Ich habe es dir allerdings oft beschrieben: die nackten Granitplatten, die Wirbel im

Brackwasser, das leuchtende Moos. Auch du hast mich nie in deine Heimat mitgenommen. Unser Platz war zwischen den Koordinaten, was vielleicht für alle Liebespaare gilt. Letztlich streben wir nach einem unerreichbaren Ideal, nach einer Umgestaltung der Zeit. Wir wünschen uns jemanden, der weise und vernarbt von der anderen Seite zurückkehrt und uns erklärt, wie es dort ist und was als Nächstes geschehen wird. Wir möchten wieder Kind sein. Ich sage mir, dass es praktische Gründe hat und ich mich einfach nach Gesellschaft sehne; ich wünsche mir, jemand würde während des schwierigen Übergangs meine Hand halten, wie Naomi damals, wenn ich eine Rinne im Moor überqueren musste.

*Spring, Edith! Es ist nicht tief.*

Heute Morgen bin ich alle Nummern in meinem Handy durchgegangen. Ein paar konnte ich nicht löschen. Wahrscheinlich sollte ich meine Freunde informieren. Ich verhalte mich wie eine Katze, die ein Versteck sucht und sich zwischen die Wurzeln eines einsamen Baumes zwängt. Bestimmt würde Karolina sofort herkommen. Sie würde in den Zug nach Norden steigen, über der Schulter eine kleine Tasche mit einem Nachthemd, den Tabletten, einem Buch; bestimmt wüsste sie etwas Tröstliches zu sagen. Wie auch Jonah, den ich seit Jahren nicht gesehen habe, dessen Fotos aber immer noch an den Wänden hängen, Bilder von mir und von Burntcoat während des Umbaus. Jonah würde lachen.

*Raus aus dem Bett, mein Schatz. Wenigstens musst du nicht hundertmal am Tag pinkeln und hast keinen wunden, zu einem dicken Tau angeschwollenen Schwanz!*

Und dann würde er weinen wie König Lear. Er wird von uns allen der Einzige sein, der ein wirklich hohes Alter erreicht, denn er ist seinen schwarzen Hunden ebenso entkommen wie den schlechten Prognosen. Dafür bin ich sehr dankbar.

Es gibt andere, die dasselbe durchmachen wie ich. Ich könnte in den Foren lesen oder einer Online-Selbsthilfegruppe beitreten. Es gibt offizielle Hilfseinrichtungen und Begleiterinnen, die den Rezidivierenden helfen und sich mit einfach allem auskennen, von Existenzialismus bis Exkrementen. Veteraninnen wie ich werden gefeiert, nicht nur für ihr biologisches Glück, sondern für ihr Wissen. Manche lassen, sobald sie erfahren, dass sie die Krankheit doch nicht besiegt haben, alle Hemmungen fallen. Sie brennen ein wahres Feuerwerk ab und nehmen mit, was sie können. Andere ziehen sich zurück und beobachten nervös jedes Hüsteln, jeden Kopfschmerz; ihre Seele ist ebenso zerstört wie ihre Nervenbahnen. Einige nehmen bis heute an den Studien teil. Ich kann ihre Ungläubigkeit nicht teilen. Ich wurde schon oft danach gefragt. Wie ist es möglich, mit Angst *und* Hoffnung zu leben?

Das Ding an sich interessiert mich eigentlich nicht mehr. Weder seine genaue Beschaffenheit noch sein Wesen. Ist es lebendig oder tot? Wir sind untrennbar: Ich mache weiter, es macht weiter. Ich bewundere seine Gerissenheit und die Geduld, mit der es Bruchstücke in meinen Zellen einlagert und Biologen und Immunologen hinters Licht führt. Ich habe keine Lust mehr zu warten. Ich habe mir geschworen, dass ich nicht mehr warten werde, und genauso wenig werde ich versuchen, ihm zu entkommen. Du würdest es mich sowieso nie vergessen lassen. Außerdem hatte ich meine Arbeit, meine verdammte Besessenheit. Ich habe meine Pflicht als Bürgerin getan, der Beweis liegt unten im Atelier. Sich zu erinnern ist eine Last und eine Aufgabe, die niemand übernehmen will. Die Nachnamen von der offiziellen Liste einzugravieren hat viel Zeit gekostet. Aber bald ist es endlich so weit. Ich gehe immer wieder hinunter, um es mir anzusehen, obwohl das Treppensteigen mich ermüdet und ich mir meine Kräfte einteilen sollte. Zwischendurch rufe ich immer wieder Sean an und stelle ihm dumme Fragen zur Eisenplattform und zur Verschraubung, als fürchtete ich, das Ding könnte umkippen und jenes Mitglied der königlichen Familie, das die Enthüllung vornimmt, unter sich begraben. Jedes Mal dieselben Ängste.

*Immer wenn du anrufst, um nach dem neuesten Stand zu fragen, denke ich, jetzt wurde uns die Finanzierung gestrichen oder du hast schon wieder deine Meinung geändert*, sagte Sean gestern. *Mach dir keine Sorgen. Möchtest du auf die Baustelle kommen?*

*Ich kann nicht.*

*Die Stufen sind fast fertig.*

*Okay. Gut.*

*Dann gibst du mir grünes Licht?*

*Ja.*

Sean lachte.

*Wahrscheinlich haben wir den Verspätungsrekord gebrochen.*

*Sagrada Família.*
*Tja, ich mache das nicht noch mal.*
*Ich auch nicht.*
*Ja, klar. Du bist übrigens ziemlich in der Mitte.*
*Du meinst wohl im ersten Drittel? H.*
*Pedantin.*

Bevor er auf die Kunsthochschule ging, war Sean Steinmetz. Über Mahnmale und Totengedenken weiß er fast alles, und es gibt keine technische Hürde, die er nicht überwinden könnte. Einmal habe ich ihn gefragt, ob er an die Seele glaube und ob dieser Glaube einen Einfluss auf seine Installationen habe. Wir standen im Autobahnknoten Scotch Corner und waren gerade dabei, die Hexe aufzurichten. Ein größeres Projekt hatte keiner von uns je in Angriff genommen. Die Vorbereitungen hatten zwei Jahre gedauert und doppelt so viel gekostet wie ursprünglich vorgesehen, wobei die Hälfte des Geldes allein im Fundament verschwand. Wir hatten ihr den Spitznamen Hecky gegeben. Der Regen fiel in fast waagerechten, stechend kalten Tropfen, die Spitze des Ladekrans war kaum noch zu erkennen. Die provisorische Straße, eigens dafür angelegt, den Laster und den Gabelstapler auf die Verkehrsinsel zu bringen, war dabei zu zerfließen. Der ins Erdreich eingelassene, breite, tiefe Betonsockel hatte sich nur langsam gesetzt. Die überdimensionierte Hecky, eine dreizehn Meter hohe, gefährlich dicht neben der Fahrbahn aufragende Konstruktion, hatten wir aufwendig versichern müssen. Das Holz war nass geschlagen geworden, anschließend hatte ich es mit den eben erst erlernten

Techniken gebrannt, dann lackiert und geteert. Heckys geschwärzter Rock schien im Regen zu bluten. Sie sah böse aus.

*Wenn ich sie so sehe, habe ich das Gefühl …*

*Willst du sagen, sie ist monströs?*, hatte Sean gerufen, als das letzte Bauteil herabgelassen wurde. Der Wind schlug seine Kapuze zurück, sein gerötetes Gesicht war nass vom Regen. *Na hoffentlich!*

Es gibt die Kunst als Objekt oder als Konzept. Und es gibt die Geschichte des Kunstwerks, die weder seine Interpretation ist noch seine Bedeutung.

*

Als ich Burntcoat gekauft habe, war ich neunundzwanzig. Ich hatte gerade die Galeworth-Medaille gewonnen und besaß plötzlich atemberaubend viel Geld. Die Hexe stand seit einem Jahr am Scotch Corner, und die Kontroverse war inzwischen fast so groß wie sie selbst. Hecky spaltete die Nation. Sie war fantastisch, einzigartig, ein Beweis für die Kreativität des Nordens. Sie war ein Schandfleck, eine Obszönität; verschiedene Petitionen setzten sich für ihre Entfernung ein. Der Auftrag war beispiellos gewesen und ein Glücksfall – auf einmal wurde ich zusammen mit bekannten Künstlern interviewt, alles Männer, die Einzelausstellungen gewohnt waren und deren Werke in der Royal Academy standen. Weil ich keine Galerie hatte, war ich es gewohnt, in kollektiv verwalteten Räumen zu arbeiten, auch im Ausland, und mich mit Stipendien vom Arts Council und Spenden des einen oder anderen Mäzens über Wasser zu halten. Sean hatte riesige Industrieskulpturen montiert. Nach Japan teilte uns das Malin Centre einander zu und unterstützte weiterhin meine Freiluftkunst. Er hatte meine Arbeiten im Garten der Villa Adriana installiert, zwei Skulpturen aus einheimischer, nach meiner Variante des Yakisugi verbrannter Eiche und Haselnuss. Ihre enorme Größe sei ungewöhnlich für eine Künstlerin, hieß es, selbst für eine aus der Tradition der Land Art. Und dann wurde ich eingeladen, mich um einen der größten öffentlichen Kunstaufträge zu bewerben, die je ausgeschrieben worden waren, mit nur zwei Wochen Vorlauf. Hecky war mir nicht im Traum erschienen wie seinerzeit Mendelejew das Periodensystem, obwohl sie in meiner Vorstellung durchaus etwas von einem Element hatte, etwas Absolutes. Sean wusste, was mir vorschwebte und wie es sich umsetzen ließ.

Als ich den Entwurf präsentierte, wurde ich gefragt, ob er realistisch sei, ob er möglicherweise den Finanzrahmen sprengen würde, wer mich beeinflusst habe. Ich antwortete knapp und zurückhaltend. González, Gentileschi, Oppenheim – vor allem ihr Berner Brunnen mit dem Tuffstein und den Moospolstern, sagte ich. Weil ich ohnehin nicht mit einer Zusage rechnete, hatte ich nichts zu verlieren. Die Jury setzte sich aus vier Fachleuten zusammen, drei davon Frauen – eine Funktionärin, von der ich wusste, dass sie progressiv war und eine Art Talentscout, eine Historikerin und eine mir unbekannte Frau in einem grau karierten Englischlederkleid, die wirkte, als könnte sie einen Doppeldeckerpropeller mit der Hand anwerfen. Ich weiß nicht, was letztlich den Ausschlag gab. Mein Alter und mein Geschlecht vielleicht. Meine Widersprüchlichkeit. Möglicherweise lag es daran, dass ich mit den Straßen vertraut war, über die meine Skulptur wachen würde, mit den tristen Gipfeln und den stürmischen Winden. Oder es lag an Hecky selbst. Sie erschien zwingend.

*Ihre Skizzen*, sagte der einzige männliche Juror, *sind wirklich bestechend, aber auch, wie soll ich es ausdrücken, eine ganz schöne Zumutung. Geht sie in die Hocke?*

*Nein. Sie richtet sich auf. Auf der Verkehrsinsel blüht ganzjährig der Stechginster. Es wird aussehen, als erhebe sie sich aus Flammen.*

*Dann wird sie also bestraft? Ist das nicht eine ziemlich negative Botschaft?*

*Sie richtet sich auf*, wiederholte ich. *Da ist nichts Mystisches dabei.*

Der Mann runzelte die Stirn.

*Okay. Aber was ist mit dieser fremden Technik, mit der Sie arbeiten? Wird das Holz in diesem maritimen Klima nicht verfaulen?*

*Vielleicht nach einem halben Jahrtausend.*

Er zog die Augenbrauen fast bis in den Haaransatz. Was ich gesagt hatte, entsprach mehr oder weniger der Wahrheit.

*In der Gegend wurden prähistorische Speere mit verkohlten Spitzen gefunden*, erklärte ich. *Das Material ist sehr haltbar. Die Technik ist nicht wirklich »fremd«.*

Ich versuchte, nicht herablassend zu klingen, was mir nicht gelang. Die Historikerin nickte.

*Ich kann mir einfach nur nicht vorstellen, wie so etwas funktionieren sollte. Die Skulptur ist riesig. Sie würde den Rahmen sprengen. Und die Reaktionen wären … nun ja, sehr schwer in den Griff zu bekommen. Wir mussten uns schon lange genug mit dem Cursing Stone herumschlagen.*

Die Frau im karierten Kleid schnaubte. Sie beugte sich vor und sah mich durch ihre geschwungene Designerbrille an.

*Darf ich, William? Miss Harkness. Wie fänden Sie es, wenn die Skizzen und Modelle in den Besitz der Stiftung übergehen? Das würde uns zumindest eine gewisse finanzielle Sicherheit garantieren. Wäre das in Ordnung?*

*Klar*, sagte ich.

Ich konnte nicht wissen, was auf mich zukommen würde oder was ich da unterschrieb. Ich hatte keine Ahnung, dass ich mit Lady Ingrid McKenzie sprach, deren Vater mit Rüstungsgütern ein Vermögen verdient und deren Großvater einen Premierminister gestürzt hatte. Sie spendete an öffentliche Museen. Das Land rund um die Verkehrsinsel gehörte ihr.

*Wunderbar. Und ich für meinen Teil würde wirklich gern mehr über Ihre Techniken erfahren, egal ob fremd oder nicht.*

*

Die Technik zu erlernen war meine persönliche Revolution. Japan war überwältigend. Shun holte mich vom Flughafen ab. Ich hatte die Anweisung erhalten, am Meeting Point auf ihn zu warten – allein hätte ich den Ausgang niemals gefunden. Ich hatte einen Jetlag und die Orientierung verloren. Ich konnte die Schilder nicht lesen und stapfte mit einem riesigen, schweren Rucksack auf dem Rücken durch die futuristische Ankunftshalle. Als wir im Hochgeschwindigkeitszug saßen, flogen die Städte nur so vorbei. Über die Pünktlichkeit hatte ich schon viel gehört, und tatsächlich war das Timing perfekt. Ein weiterer Zug, ein Bus. Die Natur begann, sich in der Architektur zu spiegeln. Nachdem er sich in aller Form vorgestellt hatte, erzählte Shun von seinen Jahren in Kalifornien, wo er Wirtschaftswissenschaften studiert und Gras und Birkenstocks ausprobiert hatte. Während der Fahrt deutete er immer wieder auf die roten Tore in der Landschaft. Sie waren überall.

Das Stipendium zielte auf Immersion ab. Leben und Handwerk sollten zusammenfinden. Ich wohnte in einem winzigen Haus, von dem ich Shuns Familie und seine Werkstatt zu Fuß erreichen konnte. Es war das Großvaterhaus, ebenso makellos wie schlicht, kein Zimmer größer als vier aneinandergelegte Matten, das original erhaltene Holz schwarz und mit einer Maserung wie Alligatorenhaut. Es stand leicht erhöht und schien über dem elektrisch grünen Waldboden zu schweben.

In den ersten Wochen holte mich Shun jeden Morgen ab – eine freundliche, irgendwie väterliche Geste. Umeko servierte uns das Frühstück. Wenn ich lautlos aus der Schale trank, glotzten und kicherten die Kinder, Ayumi und Eiji, und wurden prompt von ihren Eltern gemaßregelt. Danach fuhren Shun und ich mit dem Fahrrad zur Werkstatt.

Wie schon sein Vater und auch sein Großvater arbeitete Shun mit traditionellen Rohröfen, verschiedenen Bürstenarten und Ölen, doch genauso setzte er industrielle Flammenwerfer und moderne Geräte ein. Von mir wurde erwartet, dass ich später beides beherrschte. Er verwendete ausschließlich Zedernholz, weil es sich von allen Hölzern am besten für das Brennverfahren eignete. Meine neugierigen Fragen und meine Experimentierfreude schienen ihn zu belustigen. Nach einem einzigen Blick auf den Stamm und die Beschaffenheit der Rinde wusste er, welches Stück das beste war. Shun gab mir eine hitzeabweisende Jacke, er selbst schien keine zu brauchen. Wenn er neben dem Ofen kauerte, hielt er immer einen gewissen Abstand zu den Rohren ein, aus denen bläuliche Flammen schlugen. Die Technik erforderte ein unglaubliches Geschick. Durch die Zerstörung der Zellwände wurde das Holz verstärkt, seine Widerstandskraft bewahrt und seine Schönheit hervorgekehrt. Zu viel Hitze, und das Stück war ruiniert; zu wenig, und die Oberfläche blieb unversiegelt und ließ sich nicht bearbeiten. Shun sprach von »Erfahrung«.

*Jetzt erfährt das Holz das Feuer. Es wird verbessert.*

Er lächelte schwach und schelmisch, als unterrichte er mich zugleich in Philosophie. Manchmal war es fast, als spielte er eine Rolle. Er hatte in Amerika gelebt, er kannte die Filme und wusste, was von einem Meister erwartet wurde. Ich zog ihn ein bisschen auf.

*Shun, solltest du nicht eine Augenklappe tragen wie Dale Chihuly?*

*Shun, müsste dein Bart nicht länger sein?*

Als ich ihn fragte, ob ich in der Werkstatt Musik hören dürfe, präsentierte er mir eine lange Wunschliste, Überbleibsel aus seinem Leben vor der Rückkehr ins Land der Vorfahren.

Seither habe ich andere in der Methode des Yakisugi unterrichtet. Es erscheint widersinnig, das Holz zu seinem Schutz zu beschädigen. Vertrauen braucht Geduld, und anfangs besaß ich keins von beidem. Shuns Großvater hatte die Vertäfelung der örtlichen Schreine angefertigt, Shun selbst genoss in ganz Japan Anerkennung. Wenn er eine Oberfläche mit Wasser löschte, wirkten seine Gesten halb heilig und halb wie Hausarbeit. Er wusste genau, wie sich die zuckenden Flammen kontrollieren ließen und wie lange das Holz nachglühen durfte. Binnen Stunden gelang ihm eine Verhärtung, für die Flussschlamm oder Torf tausend Jahre gebraucht hätten.

Doch seine wahre Kunst zeigte sich beim nächsten Schritt, dem Bürsten. Vor der Arbeit krempelte er sich die Ärmel hoch, die niemals schmutzig wurden. Seine Bewegungen waren elegant. Er legte die eigentliche Maserung unter der verkohlten Schicht frei, dunkle Wirbel, Astknoten und suggestive Muster, die ganze Geschichten erzählten. Sobald die Oberfläche versiegelt war, gab Shun einen einzelnen Wassertropfen darauf, der dort sitzen blieb wie eine makellose Perle. Dann trat er einen Schritt zurück, um mir Raum für eigene Überlegungen zu lassen.

*Du kannst das Feuer zu nichts zwingen. Du kannst nur darauf reagieren.*

*Du darfst das Holz nicht ertränken. Mäßiger Regen, wie die Engländer sagen.*

*Die Bürste sollte sich nur auf natürlichen Bahnen bewegen.*

Nach der Arbeit radelten wir zu Shun nach Hause und aßen mit seiner Familie zu Abend. Aromatische Currys, weiche, gehaltvolle Eier, rote, in Blätter aus Umekos Garten gewickelte Bohnenküchlein. Weil sie fast kein Englisch sprach, musste Shun übersetzen.

*Umeko fragt, ob du es nachts warm genug hast?*

*Ja, danke.*

*Möchtest du das Telefon benutzen und in England anrufen?*

*Nein, danke. Meine Mutter geht nie ans Telefon. Ich werde ihr schreiben.*

Es gefiel mir, so verloren zu sein. Ich mochte die gleichbleibenden Abläufe und die dem Alleinsein vorbehaltenen Zeiten, in denen ich badete, las, eine Lampe anzündete. Ich war in einen Alltag eingebunden, dessen eigener, ungreifbarer Kern für mich unerreichbar blieb, was Umeko anscheinend nicht entging. Einmal hielt sie lächelnd die eine Hand hoch, spreizte die Finger und schob den Zeigefinger der anderen hindurch wie einen Schussfaden. Die neunjährige Ayumi war fasziniert von meiner Kleidung, meinen selbst gefärbten T-Shirts, meinen Jeans in Silberoptik, meinem blauen Pony.

*Sie findet, du bist ein Pfau ohne Schwanz,* sagte Shun.

Nach dem Abendessen half ich beim Geschirrabräumen und Spülen, dann spielte ich mit den Kindern. Ich rannte miauend und fauchend hinter ihnen her. Wenn es dunkel wurde, lief ich über den Waldweg zum Großvaterhaus zurück, in den Wipfeln über mir ein Nachleuchten und ein leises Murmeln wie von einer Frauenstimme. Die Morgensonne hinter dem Wald war goldgelb und rund wie ein geöffnetes Fischmaul.

An manchen Wochenenden besuchte ich andere Städte, wo sich die Architektur quasi über Nacht veränderte; zwischen Papierhäusern und schmalen Gassen erneuerten sich die modernistischen Gebäude wie von allein. Ich unternahm Ausflüge auf die Inseln, in Galerien und Museen.

*Sei bereit, beide Zustände hinzunehmen*, sagte Shun. *Sie bilden keinen Gegensatz. Du wirst schon sehen!*

Ich folgte seinem Rat und besichtigte Gärten, die auf Rückzug, Regen oder Klarheit hin konzipiert waren. Ich hatte kleine Kommunikationskarten dabei, die ich in die Höhe hielt, als wäre ich stumm. Ich saß in der letzten Reihe von leeren Bussen, zwängte mich in überfüllte Pendlerzüge und spürte den Schweiß fremder Leute an meinen Armen. Das Land war schnell und reglos, uralt und fortschrittlicher als alles, was ich je gesehen hatte. In meiner Erinnerung klappt es sich auseinander und wieder zusammen. Umkehrungen und Parallelen, obere und untere Welten. Die Berge und Bäume waren Symbole, kaiserliche Schreine ihrer selbst. Die Tempel, selbst die ältesten, waren tadellos instand gehalten, der Nebel legte sich um ihre Flügel wie drapiert. Und überall die roten Tore, heilige Portale, durch die man scheinbar an einen anderen, eigentlich unerreichbaren Ort gelangen konnte.

Aus den stillen Räumen ging es hinaus auf hektische Straßen, wo niemand lächelte oder mir in die Augen sah und wo niemand mir die Tür aufhielt, gleichzeitig war die Höflichkeit vollendet, selbstverständlich und jenseits aller Etikette. Wenn ich meine Floskeln aufsagte, *Entschuldigung, mein Fehler, Verzeihung*, hellten die Mienen sich auf. In Restaurants musste ich auf die Speisekarte zeigen, oder ich zuckte mit den Schultern und sagte: *Entscheiden Sie.* Die Männer wollten mir Getränke ausgeben, die Frauen waren neugierig und hinreißend schön. Alles, was ich gelesen und erwartet hatte, mutete wie ein Fetisch an.

Ich besuchte das Storm House. Adachi. Den Berg Haguro. Ich betrat die tropfenförmige Installation auf Teshima – Shun hatte mich zu der Reise gedrängt – und wusste, hier hatte jemand etwas Perfektes erschaffen. Der Raum war absolut, sein eigener Sinn. Der Himmel über den Öffnungen war Kunst, das Licht schob sich über die Wände wie ein Mond. Durch eine Million Löcher im Boden stieg Grundwasser auf, und die Tropfen bewegten sich aufeinander zu, schlossen sich zusammen, rieselten und spielten mit ihrer eigenen, fortwährenden Unterschiedlichkeit. Ich sah Chaos und Frieden. Nichts hatte mich auf die Gefühle vorbereitet, die ich dort empfand, auf die Akzeptanz. Ich zerfloss in Tränen und wurde Teil der Flut.

Und dann zurück in den Wald, diese strahlende Hülle, und in die Werkstatt, wo ich lernte, um der Schöpfung willen zu zerstören. Ich spielte mit dem Gedanken, meinen Aufenthalt eigenmächtig zu verlängern.

Eines Morgens, ich saß gerade über ein verkohltes Holzstück gebeugt und bearbeitete es mit der Drahtbürste, spürte ich jemanden hinter mir. Inzwischen ließ Shun mich allein arbeiten. Die Rituale der Anfangszeit hatten wir nach und nach aufgegeben, denn sobald ich die Technik in ihren Grundzügen beherrschte, fand er es unhöflich, mir bei der Arbeit über die Schulter zu sehen. Über meine Arbeiten sprachen wir erst, wenn sie fertig waren. Ich drehte mich um. Shun war in Umekos Begleitung gekommen. Normalerweise betrat sie die Werkstatt nie. Ich bürstete weiter. Die Kohleschicht war weich und nachgiebig.

Shun wartete, bis ich den Schleifstaub beseitigt hatte. Er wirkte steif vor Konzentration und trug eine andere Jacke als sonst, formell und bis zum Hals geschlossen, obwohl es Juli war und der Tag schwül. Er trat auf mich zu, blieb einen Meter vor mir stehen und bat um Verzeihung. Sicher habe ich etwas falsch gemacht, dachte ich sofort, und jemanden gekränkt. Er senkte den Kopf, dann sah er mich an und sagte, meine Mutter sei gestorben. Er habe es soeben erfahren. Umeko stellte sich neben mich. Ohne mich zu berühren, geleitete sie mich zur Bank, damit ich mich setzen konnte.

Ich hatte zeit meines Lebens damit gerechnet. Der Panik der ersten Jahre, als ich nachts in ihr Zimmer gerannt war und ihre Atmung kontrolliert oder im Moor nach ihr Ausschau gehalten hatte, war ich längst entwachsen. Ich hatte gelernt, meine Befürchtungen für mich zu behalten, aber ich fasste die Möglichkeit an jedem Tag meines Lebens ins Auge. An jenem Vormittag allerdings noch nicht, und falls doch, war der Moment so unbemerkt vorbeigezogen wie das Spiegelbild eines Vogels, der über den Fluss fliegt. Ich sprach den Gedanken aus.

*Ich habe heute noch nicht daran gedacht.*

Shun verstand mich falsch und glaubte an einen Übermittlungsfehler.

*Es ist ein Schock. Ein schrecklicher Unfall.*

*Gestern habe ich daran gedacht. Gleich nach dem Aufwachen.*

*Es ist am Abend passiert.*

*Nein.*

Er entschuldigte sich erneut und wappnete sich: Vielleicht hatte er nicht nur sprachlich versagt, sondern auch als Mentor dieser jungen, so weit von ihrem Zuhause entfernten Frau. Doch das Missverständnis hatte nichts mit Sprache oder Kultur zu tun. Naomi war bei einem Autounfall gestorben. Sie hatte nicht selbst am Steuer gesessen. Shun musste sich mehrfach wiederholen, und jedes Mal wurde es schlimmer, für uns beide.

Auf dem Rückflug dachte ich immer wieder, nein, das kann nicht sein, bei der Autopsie wird die Wahrheit ans Licht kommen, ein geplatztes Gefäß, wahrscheinlich hat sie als

Beifahrerin einen Krampf erlitten und so den Unfall verursacht. Ich war zu wütend, um zu weinen. Ich konnte die Vorstellung nicht akzeptieren, dass Naomis Schicksal sich auf so fehlerhafte Weise erfüllt hatte. Das Universum hatte sich nicht an die Abmachung gehalten.

Als das Flugzeug darüberflog, wirkte England genauso lebendig wie Japan, doch vom Boden aus betrachtet war es hässlich, dreckig und verwahrlost. Die Menschen waren laut und undiszipliniert, die Mülltonnen quollen über, die öffentlichen Verkehrsmittel waren langsam. Die Polizei hatte die Leiterin des Malin Centre kontaktiert, die wiederum Shun benachrichtigt hatte. Sie wollte mir ein neues Flugticket schicken, aber Shun hatte darauf bestanden, die Kosten zu übernehmen. Unaufdringlich und in der Erwartung, dass ich jeden Augenblick zusammenbrechen könnte, begleitete er mich auf den ersten Abschnitt meiner Heimreise, gleichsam eine Umkehrung unserer ersten gemeinsamen Fahrt. Am Flughafen wirkte er ungewöhnlich emotional, verbeugte sich und ging davon. Ich schlief erst im Bummelzug nach Nordengland. Durch das obere Fenster wehte heiße Sommerluft herein, den Rucksack hatte ich auf den freien Platz neben mir gestellt wie einen Schild. In der Vordertasche steckten zwei gefaltete, blaue Papiervögel, ein Abschiedsgeschenk der Kinder.

Ich holte den Schlüssel aus einer Nische im Mauerwerk. Das Cottage roch nach Naomis Kleidung, nach ihrer Haut und ihren Pheromonen. Neben der Spüle stand eine halb volle

Tasse Tee, eine Woche alt und mit weißer Haut. Weil meine innere Uhr auf eine andere Zeitzone eingestellt war, lag ich schlaflos auf dem Bett und malte mir aus, wie Ayumi und Eiji durch den verwilderten Cottagegarten liefen, durchs Moor und bis zu den Wasserfällen. Ich wollte zu Fuß nach Teshima zurückgehen, die Schuhe abstreifen und nichts mehr denken, und falls sich eine Träne lösen würde, wäre sie bedeutungslos.

*

Als du das erste Mal mit zu mir nach Hause gekommen bist, hast du am Fuß der Treppe innegehalten und verwirrt hinaufgeblickt. Wir hatten einen weiteren kalten, graphitschwarzen Nachtspaziergang am Fluss hinter uns und nicht darüber gesprochen, was als Nächstes passieren würde. Das berüchtigte, Respekt einflößende Burntcoat war kein Gebäude, in dem man eine Wohnung vermutet hätte.

*Du lebst in einem Han?*

Du hast ein paar der von Jonah an die Ziegel gemalten Zeilen vorgelesen.

*Sie sind ihren Lehmtürmen entkommen und in die Höhe gestiegen.*

*Sie haben sich gemausert und sind verknöchert, blauschwarz und golden, Schätze aus dem Grab des Pharao.*

Die Handschrift wirkte fahl und gespenstisch. Wir nahmen die Feuertreppe, damit du das Atelier nicht siehst.

Auf den schmalen Eisenstufen hast du erst meinen Rücken berührt, dann meine Hüfte und zuletzt meine Waden. Du hattest einen Handschuh abgestreift, deine Hand war der einzige warme Punkt im Auge des Winters. Deine Tasche kratzte leise über die Ziegel, wie steife Federn. Weil das Industriegebiet am Stadtrand lag und über keine nennenswerte Straßenbeleuchtung verfügte, war der Himmel von Sternen übersät. Hätte ich mich umgedreht, hätte ich nicht dein Gesichts gesehen, sondern einen leeren Raum voller Schatten.

Alle Frischverliebten sind blind. Sie atmen die einzigartige Atmosphäre ihres eigenen Planeten und verlassen sich auf Geruchssinn und Haptik. Sie sind Wesen, die einander verzehren und sich aus ihrer Hoffnung eine Zuflucht bauen. Andere Welten existieren nicht mehr. Ich weiß, dass ich ganz zu Anfang etwas gefühlt habe, eine Art Einvernehmen, eine Vorahnung, fast eine Bestimmung. Liebe ist nie die älteste Geschichte. Sie gedeiht in der satten Dunkelheit.

Es gab kein einzelnes Ereignis. Alles zerfließt, nichts lässt sich trennen. Ich erinnere mich an Atemlosigkeit, ein aufsteigendes Hochgefühl, gespannte Nerven, eine quälende Beherrschung. An eine Reihe von Grenzüberschreitungen und köstliche Berührungen – die Mulde unter deinem Ohr, dein Mund, wie er mich vorbereitete, deine Hände an meinem Kopf, als deine glatte Zungenspitze sich zwischen meinen Lippen hindurchschob und der Länge nach über den bebenden Muskel glitt. Der zweite und der dritte Anlauf, bevor wir zusammenspielten wie zwei gehäutete Maschinen. In Seitenlage, deine Stirn an meiner Brust, während ein Nippel dir übers Gesicht strich. Mein niedergedrückter Körper, deine glitschigen Finger, die sich darunterschoben.

Es war unmöglich, nicht hinzusehen. An Beckenkamm und Brustwirbelsäule ragten deine Knochen hervor. Erhabene, weißliche Narben an der Brust, dem Unterleib, den Leisten.

*Was ist da passiert?*

*Blinddarm.*

*Und dort?*

*Meine Lunge ist kollabiert. Die Chirurgen haben ganz schön gewütet. Sorry.*

*Du brauchst sie nicht zu verstecken. Heb den Arm.*

Wir waren verwegen und ungeschützt. Gegen Ende habe ich mich an dich geklammert, nach Tiefe gegiert, nach einem Zusammenschluss. Als du gekommen bist, hast du dich im letzten Moment zurückgezogen und meinen Bauch und meine Schulter vollgespritzt.

Danach hast du dich gewaschen, und später hast du gekocht. Vor dem Schlafengehen stürzten wir uns auf das Essen wie Raubtiere. Deine weißen Schlieren trockneten und spannten auf meiner Haut. Ich stand im Bad, du hast gerufen.

*Magst du Knoblauch? Wie viel Salz soll ich nehmen? Ich kann die Hüllen von der Zwiebel abziehen. Wie nennt man sie?*

*Die Häute?*

*Ja. Falls du sie nicht magst.*

*Ist schon in Ordnung. Ich mag Zwiebeln.*

*Meine Mutter Emine liebt Zwiebeln, aber sie bekommt davon Sodbrennen.*

*Oh. Einmal hat meine Mutter in eine Zwiebel gebissen wie in einen Apfel.*

*Was? Warum?*

Und da habe ich dir von Naomi erzählt.

Ich wusste fast nichts über deine Heimat, über den Konflikt, die gespaltene Identität. Du hattest tiefe, gütige Falten an den Augenwinkeln und eine Zornesfurche auf der Stirn – tranchiert, hast du gesagt. In deiner Muttersprache fanden die Leute dich witzig und schlagfertig, du hast so schnell gesprochen wie ein Sportkommentator, aber in der Fremdsprache wirkte dein Humor sanft und überlegt. Wer kann schon sagen, was eine gute Paarung ausmacht? Wir erschufen uns ein Fundament aus beiläufigen Gesprächen – die Welt ist groß und vielgestaltig, doch die darin geführten Kämpfe sind letztlich immer gleich. Wir hatten beide einen Bergmann zum Großvater gehabt. Deiner war bei einem Grubenunglück umgekommen, zusammen mit zweihundert anderen Arbeitern. Meiner wurde kurz vor der Schließung des Bergwerks fotografiert, als er nach der letzten Ausfahrt aus der Schachthalle ins Tageslicht trat, mit erschöpftem, schmutzigem Gesicht und Lungenemphysem. Ich zeigte dir das Bild.

*Genau so fühle ich mich. Der Winter war hart, zu wenig Sonne*, hast du gesagt und mich an dich gezogen.

*Was ist das für ein Parfum? Es ist wie eine Droge. Ich brauche immer mehr davon.*

Dein Mund an meinem Schlüsselbein, deine Lippen an meinem Hals wie ein Hauch, deine Bewegungen langsam wie eine Folter. Du hast mein Hemd hochgeschoben und die halbmondförmige Narbe an meinem Unterleib gesehen. In der Mitte war die Naht aufgegangen, seither ist dort eine kleine Vertiefung. Du hast kommentarlos den Daumen hineingelegt, aber später du hast gefragt:

*Was war dein schlimmster Schmerz?*

*Keine Ahnung. Was war deiner?*

*Nierensteine. Ich esse zu viel Salz. Ich wollte sterben. Auf dem Weg ins Krankenhaus musste ich mich im Taxi in den Fußraum legen. Dass du dich nicht erinnern kannst, freut mich.*

*Doch, ich erinnere mich. Einmal wurde mir nach einer Notoperation ein Drainageschlauch aus dem Bauch gezogen. Es fühlte sich an wie ein Messer, aber ein stumpfes.*

*Stumpf?*

*Nicht scharf.*

*Ah. Wir sagen blind dazu. Ein blindes Messer. Möchtest du, dass ich deine Messer schärfe?*

Am darauffolgenden Abend hast du aus dem Restaurant einen Wetzstein mitgebracht. Du hast Wasser von deiner Hand daraufgetropft, dich an den Küchentresen gestellt und die Klingen in einem bestimmten Winkel darübergezogen, eine nach der anderen, und danach hast du die Messer wieder in die Schublade gelegt, todbringende, funkelnde Waffen, vor denen ich so große Angst hatte, dass ich sie nie anrührte.

Als ich mir sicherer war, habe ich dich ins Atelier eingeladen.

*Möchtest du sehen, woran ich gerade arbeite?*

*Ja, natürlich. Morgen vielleicht?*

Ich öffnete die Tür zur Innentreppe. Du hattest erst ein paar Mal in Burntcoat übernachtet und warst verwirrt. Du dachtest, das Erdgeschoss stünde leer. Du hast sehr ernst gewirkt, als würdest du ein Heiligtum betreten. Im Atelier war es so kalt wie in einer Gruft. Ich gab dir einen Schal von meinem Stapel mit Winterarbeitskleidung und versuchte, dies und das zu erläutern. Ich erzählte dir von dem Künstler, der Picasso das Schweißen beigebracht hatte, und von Brâncuşi und dem mikrobischen Verfall. Aber wie ich heute weiß, lässt sich das, was ungewohnt und fast schon befremdlich ist, nicht erklären. Das Stück, mit dem ich damals beschäftigt war, eine Auftragsarbeit für eine wohlhabende medizinische Stiftung, spielte auf die Fabel vom Wolf und vom Kranich an. Die Konstruktion wirkte grotesk, drumherum lagen kleinere Einzelteile verstreut wie bei einer Autopsie. An den Wänden lehnten verkohlte Balken. Auf einmal sah ich meine geheime Werkstatt durch deine Augen.

*Das ist …*

*Äsops Dilemma.*

Der Wolf mit dem Fell aus grauen Holunderrindeschindeln lag unterwürfig und mit weit aufgerissener Schnauze auf dem Rücken, während der Kranich sich anschickte, ihm seinen langen Schnabel in den Hals zu schieben.

*Du kennst die Geschichte?*, fragte ich.

*Ja … Ich komme mir vor wie ein Eindringling.*

*Ich habe dich eingeladen. Besucher stören mich nicht.*

*Nein, ich meinte eher die beiden. Für mich sieht das nach einer sehr privaten Angelegenheit aus.*

Ich musste lachen.

*Ja, kann sein. Es ist ziemlich erotisch. Der Knochen ist übrigens echt. Sobald sie einmal fertig zusammenmontiert sind, wird man ihn nicht mehr sehen können.*

Du bist zu dem Herd gegangen, auf dem ich die Harze erwärme, und ich habe mich auf die Bank gesetzt und dich beobachtet.

*Bei uns steht das Wort Mikrobe für einen Keim. Für alle Keime. Warum soll niemand den Knochen sehen?*

Ich war andere Fragen gewohnt, meistens waren sie persönlicher oder finanzieller Natur. Ich war es gewohnt, meine Identität abzuschirmen wie eine bösartige Zyste und mir anzuhören, ich und meine Fähigkeiten seien zu anstrengend, irgendwie unheimlich, meine Arbeiten zu spektakulär für einen normalen Partner. Aber du schienst dich mit mir und meinen Materialien wohlzufühlen, sogar mit der aufgelöteten, förmlichen Signatur auf dem Sockel.

*Es geht um Vertrauen*, erklärte ich. *Der Wolf könnte den Vogel fressen, allerdings erst, wenn der ihm den Knochen aus dem Hals gezogen hat. Was, wenn das Ganze eine Falle ist? Wenn es gar keinen Knochen gibt? Um es zu erfahren, muss der Kranich seinen Kopf hineinstecken, bis hinter die Zähne.*

Du hast immer noch gelächelt.

*Wir müssen vertrauen? Einander helfen und heilen? Darf ich hinsehen?*

*Ja.*

Du hast einen Blick in das aufgerissene Wolfsmaul geworfen.

*Sehr schön. Wie Glas.*

*Der Knochen ist ein Fossil. Von einem Archäopteryx, einem prähistorischen Vogel.*

*Sie hat das Dilemma noch verbessert!*

Du hast lachend die Hände gehoben. Überhaupt hast du viel mit dem Körper kommuniziert, durch Gesten, Pausen und eine ganz eigene, möglicherweise kulturell bedingte Art, eine Pose einzunehmen und sofort wieder aufzugeben. Ich konnte sehen, dass du nachgedacht und übersetzt hast, und dann hast du aus einem Gedicht zitiert.

*Ich sterbe, mein Gott. Auch das geschieht.*
*Jeder Tod ist ein früher Tod, mein Gott.*
*Doch das Leben, das du nimmst, war gar nicht schlecht.*
*Stimmt so.*

Du schienst das Atelier gemütlich zu finden, fast schon heimelig, aber du hast mich dort nie angefasst, weder an dem Tag noch später.

Oben in der Wohnung trug ich Namen in deiner Sprache, gebettelt oder vor dem Höhepunkt ausgestoßen wie einen Fluch. Wir saßen oder lagen im Bett, der Schlafzimmerofen wärmte uns. Nach der Arbeit hast du versucht, dich zu entspannen, du hast Schicht um Schicht abgelegt, bis unsere Silhouetten im rötlichen Unterweltlicht verschmolzen. Während die Flammen kleiner wurden und erloschen, schliefen wir aneinandergedrängt wie Tauben auf einem Speicher. Der Schneeregen kroch über das Dach, das ganze Land wartete. Der Februar mit den nackten, larvenartigen Ästen. Der

März. Andere Länder schlossen ihre Grenzen und gingen in Quarantäne.

Das Orangenbäumchen hattest du vom Markt mitgebracht. Raschelnd kam es die Treppe herauf. Wir schleppten es auf den schmalen Eisenbalkon über dem Fluss. Es stand in voller Blüte, der Duft war eindringlich und berauschend und setzte etwas in uns frei. Wie du mir erzählt hast, rochen die unter den Trümmern vergrabenen Leichen nach dem großen Erdbeben ganz ähnlich, nach einer flüchtigen, süßlichen, organischen Zersetzung. Später wurden sie faulig, und die Nachbarn konnten nicht mehr auf die Straße. Du warst damals erst fünfzehn; dein Vater bestand darauf, dass du zu Hause bleibst.

*Ich bin trotzdem hingegangen. Tut mir leid, das sagen zu müssen, aber ich wollte wissen, wie es aussieht. Nach einer Woche war der Gestank unerträglich. Man wusste sofort, unter welchem Haus jemand begraben lag. Ich war ein dummer Junge.*

Du hast schmerzerfüllt ausgesehen, so wehrlos. Ich nahm deine Hand.

*Ich habe die MRT-Bilder von Naomis Gehirn aufbewahrt. Die von vor der Operation. Die Blutung erinnert an eine Rose. Absolut schrecklich, und irgendwie schön. Manchmal sehe ich sie mir an.*

Manche Geheimnisse sind so intim, dass sie zwangsläufig eine Spur hinterlassen und zum Übergriff einladen.

*Canım.*

Du hast mich bei den Schultern gefasst und an dich gezogen. Die warme Haut meines Rückens, die weiche Mundhöhle, der Reißverschluss meiner Jeans, diese überwältigende Nässe. Du hast mich entkleidet und gemerkt, es war Blut.

Ich habe dich nicht zurückgewiesen. Es war mir egal. Gegen das Verlangen im Anfangsstadium gibt es kein Mittel, und deine Erregung war wie eine Droge. Du hast mich auf den Boden gelegt. Meine Oberschenkel waren rot verschmiert. Du bist immer wieder herausgerutscht, hast mit den glitschigen Organen gerungen. Das adoleszente Klatschen, die vom unguten Wissen getriebene Lust. Der kalte Wind kam in Stößen durch das geöffnete Fenster, wie um uns aufzuschrecken, und trug das aufdringliche, verführerische Parfum herein. Du hast angekündigt zu kommen und gefragt, ob du in mir bleiben kannst. Ich hob dir meine Hüften entgegen. Danach eine leise Scham; man hatte dich Tabus gelehrt. Das Blut roch nach frischem Eisen, in den Haaren an deinen Schenkeln klebten Klümpchen. Wir gingen uns waschen, trockneten einander ab und standen nach dieser Kursänderung ein wenig orientierungslos in dem neuen Beziehungsraum herum.

*War es wirklich ganz sicher?*

*Vielleicht nicht. Ich gehe morgen in die Apotheke.*

*Es tut mir so leid. O mein Gott! Ich fand es toll.*

*Ich auch.*

Ich tropfte auf den Boden.

*Du brauchst dich nicht zu entschuldigen, Halit.*

*Ich gebe mir Mühe.*

Du hast zugeschaut, wie ich mir den Tampon einführe, obwohl ich diskret sein wollte und mich extra umgedreht hatte. Ein weiterer Verstoß. Du hast dich auf den Badewannenrand gesetzt und mich rücklings auf deinen Schoß gezogen.

*Darf ich mal fühlen?*

*Ja.*

Du hast die Finger kreisen lassen, und nach einer Weile hast du einen sanft in mich hineingeschoben, bis du den Baumwollfaden spüren konntest. Du hast den Finger wieder herausgezogen und mich weiter gestreichelt.

*Ist es so richtig?*, hast du geflüstert. *Komm.*

Ich habe deine Hand dirigiert und den Kopf auf deine Schulter zurücksinken lassen. Dein Schwanz ist angeschwollen, du hast ihn weggezogen und beiläufig an meinen Rücken gelegt. Du hast zwei Fingerspitzen benutzt.

*So?*

*Ja.*

Nach dem Sex und den Krämpfen standen meine Nerven unter Hochspannung. Es dauerte nur Sekunden.

*

Wir trafen uns samstags nach Restaurantschluss, wenn die Bars sich schon leerten. Sonntags hattest du frei. Du warst erschöpft und voller angestauter Frustrationen, die schnell in Lust umschlugen. Danach hast du geschlafen wie ein Toter, reglos und bis in den sonnigen Vormittag. Manchmal dauerte es bis in den frühen Morgen, das Restaurant zu putzen und abzuschließen, und dann hörte ich deine dröhnenden Schritte draußen auf der Eisentreppe. Die Nacht war durchlöchert; mittendrin wache Stunden wie einst bei der Feldarbeit oder beim Gebet. Du hast mir Kaffee ans Bett gebracht oder eine Weinflasche geöffnet und erzählt, bis die Energie des Abends abgebaut war.

*Draußen schneit es. Schnee! Das englische Wetter ist so verrückt – ich dachte, jetzt ist Frühling. Gestern bin ich ohne Jacke rausgegangen.*

*Warte, ich sehe es mir an.*

*Genau das will ich sehen – deinen mondbleichen Hintern.*

*So weiß ist er gar nicht.*

*Doch. Im Sommer zeige ich dir einen heißen Ort.*

*Welchen?*

*Akyaka. Es gibt da einen schönen, eiskalten Fluss, und wenn man reinspringt, kriegt man einen Herzinfarkt.*

*Ach ja? Mit kaltem Wasser kenne ich mich aus.*

Morgens nach dem Aufstehen ging ich halb nackt nach unten ins Atelier, und später legte ich mich wieder zu dir ins Bett, als wäre ich nie woanders gewesen. Du hast dich geregt und dich steif herübergerollt.

*Günaydın.*

*Da bist du ja wieder.*

Einmal kam ich nach oben in die Wohnung, und du warst wach und in der Küche beschäftigt. Auf dem Tresen lagen Orangenblüten. Du hast mit nacktem Oberkörper am Herd gestanden und eine Pfanne geschwenkt.

*Was machst du da?*

Du hast dich heruntergebeugt und mich auf die Wange geküsst.

*Ich habe geträumt, ich wäre im Haus meiner Großmutter in Bulga-*

*rien. Meine Großmutter hat großen Wert auf Traditionen gelegt und den Besuchern immer etwas Kolonya angeboten. Im Traum konnte ich es deutlich riechen.*

Du hast das Öl in der Pfanne hin und her laufen lassen und die Blüten eingekocht.

*Fehlt noch was, Herr Chemiker?*

*Alkohol. Tabak.*

*Ich habe nur Wodka.*

*Kein Problem.*

Ich habe dir ein kleines Glas eingeschenkt und eins getrunken.

*Ganz ehrlich? Ich mag keinen Wodka. Na gut, gib her. Hassiktir! Hm, nicht schlecht – ich glaube, ich mag Wodka doch.*

Nach dem Abkühlen roch das Duftwasser blumig, erfrischend und leicht antiseptisch. Du hast es noch eine Weile stehen lassen und dann in ein kleines, sauberes Gewürzglas umgefüllt.

*Ich bin beeindruckt. Was kannst du sonst noch alles?*

*Lass mich überlegen. Nun, vielleicht solltest du wissen, dass ich früher in der Armee war.*

*Wirklich?*

*Es war nicht meine Entscheidung.*

Du hast meine Hände und Handgelenke mit der Flüssigkeit eingerieben.

*Wo trägst du dein Parfum auf?*

*Hier.*

Du hast ein paar Tropfen auf meinen Hals gegeben und sanft darauf geblasen.

*Wenn ich weiß, dass wir uns sehen, auch hier.*

*Oh, als Einladung?*

Du hast meinen überlangen Pullover in die Höhe geschoben.

*Da?*

Du hast dich hingekniet.

Erwachsenenspiele. Wir experimentierten herum – welche Höhe am besten funktionierte, wenn du hinter mir standest, wenn ich hohe Schuhe trug, wenn ich mich vorbeugte und ans Bettgestell klammerte. Ein einzeln getragenes Kleidungsstück betont die Nacktheit. Wenn ich meine Körperspannung verstärkte und das Becken kippte, hast du alle Rücksichtnahme vergessen, und auch die weibliche Anatomie. Einmal lagst du auf dem Rücken und ich strich mit der Zunge über deine Erektion, von unten nach oben, nahm die Spitze in den Mund und fuhr auf der anderen Seite wieder abwärts.

*Welche Seite ist besser? Diese … oder diese …*

*O Gott! Keine Ahnung.*

*Welche?*

*Beide.*

*Du musst dich entscheiden.*

*Diese … von unten. So.*

Ich richtete mich auf, kniete mich über deine Brust und fing an, mich selbst zu berühren. Du hast dich vorgebeugt, um besser sehen zu können, um zu helfen. Du hast meine Technik beobachtet, als wäre ich eine Fremde.

*Jetzt du*, sagte ich.

*Nein! Ich bitte dich. Das geht nicht.*

*Stell dir vor, ich wäre gar nicht da. Du bist allein unter der Dusche.*

Du hast dich geweigert, verlegen gelächelt und die Stirn gerunzelt, also habe ich mit dem Mund weitergemacht.

*Zeig es mir, Halit.*

Ich wusste, wenn ich dich bei deinem Namen nenne, wirst du nachgeben. Du hast Hand angelegt, ihn von deinem Körper weggehalten wie einen separaten Teil und schnell und lautlos ein weißes Netz auf deinen Bauch gezeichnet.

Ein Faden wurde zerrissen, ein anderer aus Vertrauen neu gesponnen. Die Psychologie der Intimität. Du hast meine Blicke auf die dunkellila Wölbung bemerkt.

*Soll ich dir erzählen, wie ich beschnitten wurde? Ich war sechs.*

Du hast die Zeremonie beschrieben, die ein paar Tage nach deinem Geburtstag stattfand. Du und ein anderer Junge wurden im blau-weißen Gewand von männlichen Verwandten auf ein Pferd gehoben und durch die Straße geführt. Dein Pferd war groß und schlecht gelaunt, es scheute immer wieder und kaute auf der Trense herum. Du wusstest, was dich erwartet, alle wussten es, denn es war keine Privatangelegenheit. Der andere Junge war mutiger als du, er ließ die Zügel los und klammerte sich in die Mähne, um anzugeben.

*Den Arzt hatte ich noch nie gesehen. Wahrscheinlich hatte er allein an dem Tag fünfzig Termine überall in Istanbul. Mein Großvater hat meine Arme gekreuzt und mich festgehalten.*

Mein Kopf lag auf deinem Oberarm, ich schmiegte mich an deine Brust. Dein Körper war hart, der Bizeps zuckte bei jeder Bewegung, während deine Hände das Trauma in die

Luft ableiteten. Es gab eine Betäubung; in der Hinsicht hattest du noch Glück. Aber du hast trotzdem geschrien, dass sie aufhören sollen. Du hast dich nach Kräften gewehrt.

*Ich habe sie gehasst. Ich habe Gott gehasst. Der andere Junge musste alles mitansehen, deshalb glaube ich, dass es für ihn am Ende noch schlimmer war.*

Danach gab es dicke Mullbinden zwischen die Beine und eine Zeremonie, bei der du gepriesen wurdest. Man sagte dir, nun wärst du ein Mann, und heftete dir Geld an die Jacke. Du hast so erbittert gestrampelt, dass dein Großvater eine Platzwunde am Kinn davontrug. *Küçük boğa, kleiner Bulle* – es wurde zu einer Familienanekdote und zu deinem Spitznamen.

Ich wusste nicht, was ich sagen sollte, aber du hast ohnehin weitergeredet.

*Nachmittags bin ich zum Arabischunterricht in die Moschee gegangen. Ich habe die Gebetsrufe gelernt. Wenn sie durch den weiten Raum hallen, hat es eine starke spirituelle Wirkung. Manchmal habe ich den Gebetsruf beim Fußballspielen gehört und mich furchtbar schuldig gefühlt.*

Ich hob den Kopf. Du hast die Deckenbalken angestarrt, die Hohlräume dazwischen. In deinem Augenwinkel ein Schimmern.

*Und was glaubst du jetzt?*

Du hast den Kopf geschüttelt.

*Die Imame gaben uns kleine Stäbchen, mit denen wir beim Lesen auf die Buchstaben zeigen sollten. Sie sahen aus wie Eisstiele. Ich habe zwei zu einem Kreuz übereinandergelegt und mit Klebeband fixiert.*

*Es hatte nichts zu bedeuten. Ich hatte mir nichts dabei gedacht. Der Imam hat es gesehen und mir weggenommen. Er hat es zerbrochen und gesagt: Tu das nie wieder.*

Ich erinnere mich an die letzten Monate ohne Einschränkungen. An das Davor. So viel Freiheit und Vertrauen; danach war das Leben nie wieder dasselbe. Mit dem Wissen und der Erfahrung legt sich auch ein unverrückbares Gewicht auf Körper und Geist. Es ist wie im Krieg: Die Auswirkungen sind tiefgreifend, reichen bis in die Gene und lassen sich nicht rückgängig machen.

Die Vormittage waren paradox, auf grelle Weise sonnig und trotzdem rau. An der Nordseite der Gebäude gab es Bodenfrost. Wir trafen niemanden; unsere Freunde dachten sich ihren Teil. Du bist arbeiten gegangen, aber im Restaurant war nicht viel los. Die Leute waren ängstlich und bekamen die ersten Einschnitte zu spüren. Ein paar vorsichtige Monate mit Masken und Schließungen und dann ist es wieder vorbei, sagte ich mir, dumm vor Glück. Doch bald gab es in den Nachrichten keine andere Meldungen mehr. Jeden Tag hast du dir die aus dem Osten gemeldeten Zahlen angesehen, die widersprüchlichen Fernsehberichte und die offiziellen Dementis. Du hast dir Sorgen um deine Familie gemacht, die in der Nähe der größten Ausbruchsgebiete lebte, in einer überfüllten, bevölkerungsreichen Stadt auf zwei Kontinenten. Manche Virologen gaben grauenhafte Schätzungen ab, in der Hauptstadt verschickten die Krankenschwestern Hilferufe per Handyvideo.

*Warum tut niemand was? Wir haben keine Möglichkeit, diese Patienten von den anderen zu isolieren.*

Unvorstellbar, dass unser Glück gestört werden oder unser Körper Schaden nehmen könnte. Das Auge sieht die Katastrophe auf dem Bildschirm, den menschlichen Schlick und das menschliche Abwasser, die spontanen Triagen und die tiefen Gruben, doch das Gehirn dissoziiert säuberlich. Wir leben in der Zeit und in der Täuschung. Nicht hier, nicht wir. Ausgerechnet ich hätte es besser wissen müssen, aber ich glaubte wirklich, mein Schicksal hätte sich gewendet. Deine Vorsicht war nur ein weiteres geschlossenes Fenster. Die Gefahren und die Furcht draußen machten alles, was drinnen geschah, umso reiner. Unschuldige Gottheiten beim Ficken.

Die Stimmen derjenigen, die nach Maßnahmen riefen. Die rot verfärbten Bereiche auf der Karte, die roten Ströme dazwischen. Träume von Nagern und Wildhunden, in denen es geschlummert hatte, bis es dann plötzlich entfesselt wurde und die Barriere überwand. Während der wenigen Wochen, in denen wir zusammen waren und uns dem Blutkreislauf der Liebe überließen, breitete es sich ähnlich wie seine Vorgänger immer weiter aus. Seine Gensequenz war lang und geduldig, es wurde durch Berührungen, Flüssigkeiten und den Atem übertragen. Es hatte gelernt, sich zu verkapseln und außerhalb von Organismen zu überleben. Es war perfekt auf uns abgestimmt.

Wir fuhren quer durchs Land ans Meer. Ich kann mich an das Datum erinnern – der 15.3., die Iden des März. Ich hatte versprochen, dir auf dem Weg die Schottische Hexe zu zeigen. Als wir näherkamen und ihre dunkle, scharf umrissene Silhouette am Horizont auftauchte, hast du hörbar nach Luft geschnappt. Wir haben das Auto abgestellt und sind zum Sockel gelaufen. Du bist sprachlos auf der Insel aus Stechginster stehen geblieben, und ich dachte: Lass es nie zu Ende sein.

Am Meer hielten wir uns einen Schal vors Gesicht und liefen über den geriffelten Sand. Über dem Wasser ein strahlendes Licht. Hohe Wolkengewölbe aus Schiefergrau und am Himmel eine leuchtende Patina. Der Strandhafer zog sich bis über die Dünen und wellte sich abwechselnd hell und dunkel, wenn der Wind darüberstrich. Wir gingen Arm in Arm und im Gleichschritt. Eine Robbe hob den Kopf aus der Brandung, sah uns und verschwand wieder. Kurz zuvor hatte es eine Springflut gegeben, der Strand war mit Trümmern übersät. Haufen aus Muschelschalen und zerteilten Gerippen, Treibholz. Ich konnte nicht widerstehen.

*Sieh dir das an! Hilfst du mir tragen?*

Wir schleppten den riesigen, salzverkrusteten Eichenstamm bis an den Straßenrand. Seine Form war bizarr. Die Äste standen vom Schaft ab, als hätte das Meer sie durch Reibung missgebildet. Der bittere Wind schleuderte uns Sand ins Gesicht. Eigentlich hatten wir am Strand zelten wollten, aber dann schliefen wir auf der Ladefläche neben der nassen Eiche. Wir taten so, als wären wir im Urlaub, in den Flitterwochen, am Anfang eines neuen Lebens. Was irgendwie auch stimmte. Die Welt hatte Feuer gefangen, und nicht einmal der Ozean konnte es löschen.

*

Naomis Freundin Ellen war lebend aus dem Autowrack geborgen worden. Weil sie mich sehen wollte, fuhr ich ins Krankenhaus, wo sie halb zertrümmert lag und mir aus dem Medikamentennebel entgegenblinzelte. Ihr Kiefer war gebrochen, sie konnte nur flüstern. Sie seien, erzählte sie, nach einem Ausflug in den Süden der Grafschaft auf der Passstraße unterwegs gewesen. Ein Lastwagen hatte die Mittellinie überquert und sie gerammt. Ihr Auto hatte sich überschlagen, war die Böschung hinuntergestürzt und zerdrückt worden wie Alufolie. Sie hatten keine Zeit zum Nachdenken gehabt.

*Ich kriege ihre Stimme nicht mehr aus dem Kopf. Sie hat geschrien: Dee-dee, Dee-dee.*

Aus Ellens Augen lief Flüssigkeit. Ich nahm ihre Hand und drückte sie sanft. Ich fragte, ob sie über Naomis Zustand Bescheid gewusst habe, ob im Auto irgendetwas vorgefallen sei. Hatte meine Mutter vielleicht über Kopfschmerzen geklagt?

*Nein. Es ging ihr gut. Sie hat nichts dergleichen erwähnt. Was bedeutet Dee-dee?*

*Ich glaube, so hat sie mich als Baby immer genannt.*

Eine Nachbarin half mir, die Einäscherung zu organisieren, und danach gab ich Naomis Sachen und ihr Archiv in die Einlagerung. Der Gegenwert eines ganzen Lebens in einem gelben Metallcontainer. Ihr Agent war schon lange tot; soweit ich wusste, hatte sie seit über zehn Jahren keinen Kontakt mehr zur Agentur gehabt. Als ich dort anrief, wurde ich zu mehreren Assistentinnen durchgestellt und zuletzt zu einem jungen Sachbearbeiter in der Buchhaltung, der sich um die Tantiemen kümmerte. Er hatte Naomi nie persönlich kennengelernt und war erschüttert über die Nachricht. Er bat um eine Kopie des Testaments.

Am nächsten Morgen rief Karolina Sepehri zurück und stellte sich vor.

*Ich muss mich für Benjamin entschuldigen – er ist sehr jung und den Umgang mit Menschen nicht gewohnt. Ihre Mutter war wirklich eine Ausnahmeerscheinung. Mit keiner Autorin ihrer Generation vergleichbar.*

Der Akzent war kaum zu hören, die Aussprache überdeutlich.

*Ich bin damals hauptsächlich ihretwegen zur Saul Agency gegangen. Kann ich Ihnen irgendwie helfen, Edith?*

Karolina nahm noch am selben Tag den Zug nach Norden und für die letzten dreißig Kilometer zum Cottage ein Taxi. In einer dünnen Leinenjacke stand sie unter dem tiefen Gewitterhimmel und betrachtete andächtig das Cottage mit dem moosbedeckten Dach und den ortstypischen Schieferschindeln. Ich öffnete ihr, und sie begrüßte mich mit zwei Wangenküssen. Danach saß sie am Küchentisch und trank einen erlesenen Blütentee, den sie in ihrer Reisetasche mitgebracht hatte und mir dalassen würde. Sie sprach kurz über die Agentur, ihre Familie und den Schah. Sie stellte nur wenige Fragen und klang dabei wie eine aufmerksame Tante. Sie hatte an Naomi geglaubt und schien fast augenblicklich auch an mich zu glauben, und aus irgendeinem Grund fing ich an zu reden: über meine Kindheit, meine Arbeit mit Shun und meine Pläne für die Zukunft. Ich erzählte von Naomi und unserem gemeinsamen Leben, dem banalen Alltag und den außergewöhnlichen Momenten, und Karolina hörte zu.

Sie wollte wissen, ab wann ich gewusst habe, dass ich eine Künstlerin sei. Die Frage hatte ich schon oft gehört, gerade so, als gäbe es in dem Fall eine offizielle Verkündigung oder einen kosmischen Blitz. Naomi hätte gesagt, dass sie die Antwort wusste: Im Sommer, als ich dreizehn wurde. Der Sommer mit dem Schiff. In dem August war sie wenig zu Hause gewesen, weil sie einen Workshop unterrichtete. Zu den ersten Treffen hatte ich sie noch begleitet, aber die Fahrt war lang, das Gemeindezentrum öde und die Anwesenden entweder unterforderte Rentnerinnen oder schüchterne Geschiedene. Ich sagte ihr, dass ich lieber im Cottage bleiben wollte und mir das Alleinsein nichts ausmachte. Ich sagte ihr, ich hätte eigene Pläne, und sie nahm mich beim Wort. Cheryl, die Sozialarbeiterin, waren wir inzwischen los, und wir hatten sogar einen Telefonanschluss. Es erschien machbar.

Der Sommer war glühend heiß und der blaue Himmel hoch, überall wehte Spreu. Irgendwo im Tal rief ein Kuckuck, es klang wie ein dumpfer Herzschlag. Das Moor war kurz vorm Austrocknen, das Wollgras und die Fliegenschwärme hatten das Kommando übernommen. Bevor sie ging, stellte Naomi jeden Morgen einen Korb auf den Tisch, darin Käse, Äpfel, Antihistamintabletten, der Haustürschlüssel, kleine, einzeln verpackte Damenbinden und, obwohl ich mit meiner flachen, athletischen Brust noch unterentwickelt war, ein Buch über die Pubertät. Ich schwamm unter den Wasserfällen, sprang von den Felsbrocken in die bodenlosen Becken, hielt den Atem an und strampelte tiefer und tiefer. Ich sammelte so viel Holz, wie ich konnte. Äste aus dem Moor, alte Bretter. Ich hob die schiefe Schuppentür aus der letzten Angel und bat Naomi um noch mehr Holz, und wenn sie abends zurückkam, war der Kofferraum geöffnet, die Rückbank umgeklappt und das Auto bis unters Dach mit Paletten und Lattenkisten beladen. Wenn es über die Schlaglöcher federte, hörte ich die Fracht klappern. Ich bat um Seile, Hämmer, Nägel und alte Bettlaken. Sie hat mich nie gefragt, was ich damit vorhatte. Ich bat sie, sich vom hinteren Ende des Gartens fernzuhalten.

Den Rumpf hatte ich in einem Bilderbuch gesehen und aus Brettern und Stöcken nachgebaut. Den Bug stellte ich auf Steine, sodass mein Schiff sich auf einer Welle aus Gras erhob. Das Heck war so breit, dass zwei Personen nebeneinander Platz fanden. Der Schiffsbau hatte Wochen gedauert. Meine Haut war von Kratzern und Schnittwunden übersät, die zu brennen anfingen, sobald ich schwitzte. Lästige, winzige Stechfliegen attackierten mich, bis mein Haaransatz und die Innenseiten meiner Ellenbogen unerträglich juckten. Ich beschäftigte mich den ganzen Tag, um nicht auf das Motorengeräusch warten und nicht nachdenken zu müssen.

Als das Projekt zur Hälfte geschafft war, erzählte ich Naomi davon.

*Ich brauche ein Rad.*

*Warum?*

*Das Rad ist extrem wichtig. Und es muss alt sein.*

Ich ging ihr so lange auf die Nerven, bis sie einlenkte. In der Nähe gab es einen Bauernhof, an dessen Zaun ein paar uralte, eisenbeschlagene Wagenräder hingen wie in einer heruntergekommenen landwirtschaftlichen Ausstellung. Naomi konnte den Bauern nicht leiden. Sein zorniges Gesicht war so rot, als hätte jemand es abgekocht, seine tatterige Frau nahm Valium, ständig kam es zu Streitereien wegen unserer gemeinsamen Toreinfahrt. Wir fuhren in der Elfuhrdämmerung und ohne Licht los, schlichen über den Feldweg und stahlen ein Wagenrad. Wir rollten es bis an den Kofferraum und hoben es hinein. Ich wollte meine Mutter immer wieder umarmen, aber sie sagte, wir müssten uns beeilen, und dann war sie plötzlich verwirrt und stieg auf der Beifahrerseite ein. Ich fuhr uns durchs Moor zurück und trat vor lauter Aufregung zu fest aufs Gaspedal.

*Schalt in den dritten Gang hoch, Edith.*

*Das darf ich nicht.*

*Dritter Gang!*

Dass die Konstruktion nicht ganz perfekt war, hätte mich nicht stören sollen, aber es störte mich. Ich setzte sie dreimal aufs Neue zusammen und glich sie immer wieder mit der Vorlage aus dem Bilderbuch ab. Um die Enthüllung veranstaltete ich ein großes Trara. Ich führte Naomi in den Garten. Das Schiff hatte ein Kreuzsegel, Mast und Baum wurden von Seilen gehalten. Das weiße Laken hing schlaff herunter, wirkte aber dennoch authentisch. Naomi staunte auf ihre eigene, teilnahmslose Art. Ihr Gesicht verzog sich zu einem Ausdruck der Überraschung, ihre Augen begannen zu leuchten. Ich reichte ihr bis an die Schulter, meine Beinmuskeln unter den Jeansshorts waren schlank und länglich, mein regelmäßig von ihr geschnittenes Haar sehr kurz. Naomi trat einen Schritt zurück und musterte mich, als hätte sie gerade begriffen, dass ich viel mehr war als ein Haustier.

*Edith. Du hast ein richtiges Schiff gebaut.*

Meine Erfindungen und Experimente kannte sie längst, aber ein sechs Meter langes Spielzeug war etwas völlig anderes. Sie ging einmal um das Schiff herum und sah sich die Details an.

*Hat dir jemand geholfen?*

Die Frage ärgerte mich, aber ich biss mir auf die Zunge.

*Nein.*

*Du hast das gemacht. Ganz allein.*

Und da rastete das letzte Rädchen ein.

*Du meine Güte, es ist fantastisch!*, rief sie. *Einfach unglaublich! Warte.*

Sie rannte durch den Garten, verschwand im Haus und kam mit einem offenen Rotwein und zwei Bechern zurück. Sie schenkte uns jeweils einen kleinen Schluck ein, verkorkte die Flasche und reichte mir einen Becher.

*Okay*, sagte sie. *Du musst es taufen. Wirf sie gegen den Bug. Bereit?*

Ich schleuderte die Flasche gegen den Schiffsrumpf, sie prallte mit einem Plonkgeräusch ab und fiel ins Gras.

*Fester!*

Ich versuchte es wieder, und diesmal zerplatzte das Glas und hinterließ eine rot tropfende Wunde auf den Planken. Meine nackten Beine waren von Spritzern bedeckt.

*Gib ihm einen Namen. Einen weiblichen*, sagte Naomi.

*Okay! Ich taufe dich auf den Namen* Cheryl Bone.

Nach ein paar Sekunden der Stille lachte Naomi unerwartet los. Sie hatte den Witz verstanden. Die Aufregung legte sich an meine Rippen und um mein Herz wie ein Schmerz.

*Ja*, sagte sie, *ja, Cheryl, unser Rettungsboot.*

Wir tranken den muffigen Wein und setzten uns im Heck an das gestohlene Steuerrad, Oberarm an Oberarm, während die schrecklichen Fliegen uns über das Gesicht und in die Haare krochen. Naomi roch nach Niveacreme und Zwiebelschweiß. Ihre Züge hatten sich geglättet und waren jetzt wieder so still und unbewegt wie ein Gebirgssee. Mir wurde schwindlig vom Alkohol. Meiner Mutter waren verschiedene Heilverfahren angeboten worden. Antidepressiva, Hypnose, sie hatte sich sogar einer Psychotherapie und Elektroschocks unterzogen. Ich hatte sie seit vier Jahren weder lachen noch schreien oder weinen hören.

Am Ende des Sommers bekam ich meine Periode, viel zu stark für die kleinen, dünnen Damenbinden. Ich hasste die braunfleckigen Unterhosen an der Wäscheleine, den bohrenden Schmerz und die Hormone. Ich diskutierte mit Naomi, beschimpfte sie und probierte alle möglichen negativen Gefühle aus, um eine Reaktion zu provozieren.

*Mutter, wenn dein blödes Gehirn explodiert, komme ich prima allein zurecht.*

Meistens sah sie mich nur ungerührt an und verließ das Zimmer. Ich rannte nach draußen, setzte mich in mein Schiff und schmollte. Als die Schule wieder anfing, arbeitete sie gerade an ihrem letzten Text *Die Rötung*, der die Hypothek abbezahlen und allen beweisen würde, dass sie immer noch schreiben konnte. Ein Mädchen wacht eines Morgens auf und findet sich zwischen riesigen, blutäugigen Insekten wieder. Sie sitzen in ihrem Unterhemd und krabbeln ihr über die Beine. Die Flügel sind orange geädert, die Leiber erinnern an schwarze Broschen. Dreizehn Jahre lang haben sie in der Erde ausgeharrt, und dann sind sie geschlüpft. Sie sind genauso alt wie das Mädchen, was dieses aber nicht weiß. Sie schließen sich zu Wolken zusammen und verdunkeln den Himmel, sie dringen in die Häuser ein, treiben die Menschen in den Wahnsinn und zerstören die Ernte. Das Mädchen kann ihnen nicht entkommen. Es versucht, sie in Töpfe und Schachteln zu stopfen, doch sie krabbeln immer wieder unter dem Deckel hervor. Sie sitzen singend in den Bäumen und zirpen die ganze Nacht. Am Ende stiehlt das Mädchen ein Auto, fährt durch den Schwarm und zur Stadt hinaus. Die Wesen sammeln sich auf der Windschutzscheibe und versperren die Sicht. Das Mädchen hat einen Autounfall, kriecht auf den Rücksitz und versteckt sich unter einem Mantel. Als es aufwacht, ist die Plage vorüber und der Himmel wieder klar. Und tief in der Erde, zwischen den Pflanzenwurzeln, liegen neue, weiche Eier.

*Die Geschichte hat mir eine höllische Angst eingejagt*, sagte Karolina und trank einen Schluck Tee aus einem von Naomis dicken, handgetöpferten Bechern. *So unheimlich. Die roten Augen. Wie sie sich den Unterleib reiben, fand ich einfach nur gruselig. Eine geniale Metapher für die Bedrohlichkeit der Periode und für Sex überhaupt, nicht wahr? In der Verfilmung kommt es leider nicht ganz so gut rüber. Naomis Haltung war absolut unversöhnlich.*

Diese Worte aus dem Mund einer gebildeten Frau zu hören, die mir fremd war und zugleich näher als jeder andere Mensch, hatte eine leicht verstörende Wirkung. Ich war gerührt. Karolina blickte lächelnd zum Fenster hinaus. Das Riedgras auf der Wiese strahlte wie angeleuchtet.

*Was ist aus der Cheryl Bone geworden? Ist sie noch da?*

*Bevor ich auf die Kunsthochschule gegangen bin, haben wir sie in einer feierlichen Zeremonie verbrannt.*

*Ah, wunderbar. Il faut bien que jeunesse se passe. Darf ich den Garten sehen?*

Während wir auf das Taxi warteten, das Karolina zum Bahnhof bringen würde, überreichte sie mir eine gebundene Ausgabe von Naomis Erfolgsroman. Die genähte Schatulle aus gegerbtem Leder war mit winzigen Nieten verziert und sah aus wie ein Stück aus der Florentiner Scuola.

*Das habe ich in der Agentur gefunden. Ich dachte, du solltest es haben.*

Sie gab mir ihre Handynummer und verabschiedete sich mit einem Wangenkuss.

*Wir sollten in Kontakt bleiben, Edith. Ich freue mich auf deine nächste Arbeit, wie immer sie aussehen wird.*

Am nächsten Tag stieg ich zu den Wasserfällen hoch. Ich ging schwimmen, obwohl ich nicht mehr unberührbar war und die Kälte mir den Atem verschlug. Naomis Asche wehte durch das Tal wie Fusseln und verschwand dann in den tief hängenden Wolken. Ich musste an die Säcke mit dem trockenen Holzkohlestaub in Shuns Werkstatt denken. Ich redete mir ein, dass ich mich weder vor dem Alleinsein fürchtete noch vor meinem Erbe. Meinen Vater kontaktierte ich nicht. Er hatte eine neue Familie und war jetzt ein Fremder. Eine geborgte Frau und ihr Schatten hatten mich aufgezogen, beide ebenso kompetent wie pflichtvergessen. Ich ging zurück in das verlassene Cottage, legte mich mit nassem Gesicht auf Naomis Bett und ließ mich von der Kuhle in ihrem Kopfkissen trösten. Es war der Beginn meiner Trauer um beide Versionen von ihr.

*

In den darauffolgenden Jahren schien sich etwas zu fügen. Ich nahm jeden Auftrag an, der mir angeboten wurde, und auch Firmengelder, was ich später bereuen sollte. Ich traf Kunstfunktionäre und Ingenieure, mietete Industriehallen und Brennöfen, sammelte Altholz und versuchte mich an

Shuns Techniken. Weil ich das Aufenthaltsstipendium abbrechen musste, durfte ich nach Belieben experimentieren und herumprobieren. Mir gelang ein perfektes, hochglänzendes Finish mit den typischen, angedeuteten Flusslandschaften, doch genauso mochte ich die verkohlten, scheinbar unfertigen Oberflächen. Meine Arbeiten fanden Anerkennung. Nach einer Ausstellung in der Royal Academy wurde die Presse auf mein Werk aufmerksam, vor allem auf seine Anomalien und seine Ausmaße. Meine Materialien und Methoden ließen auf eine Künstlerin schließen, die entweder avantgardistisch oder in einer tiefen Lebenskrise war. Ich rief Karolina an, und danach war unsere Geschäftsbeziehung offiziell.

Die Entwürfe für Hecky entstanden in Truss Gap, binnen kürzester Zeit und in Absprache mit Sean. Naomi war seit drei Jahren tot, und das Cottage war zu einem Ort geworden, an den ich mich zum Planen und Nachdenken zurückzog. Im Nachhinein erscheint mir der Auftrag wie ein Traum oder ein Ding der Unmöglichkeit – eine Investition alter Schule, die kreative Verschwendung riesiger Summen durch eine Mäzenin mit Ländereien und politischem Einfluss. Sie wünschte sich ein aussagekräftiges Stück vom radikalen Nachwuchs, ein neues Wahrzeichen auf der Landkarte. Ich hatte eine Ansprechperson im Woodland Trust gefunden und bekam die Möglichkeit, vom Sturm gefälltes Kernholz aus dem Caledonian Forest zu kaufen, riesige, einzeln und mit einem Hinweis auf das Jahrhundert etikettierte Kiefern und Fichten aus dem Naturschutzgebiet. Hecky würde unverwüstlicher sein als alles, was ich je erschaffen hatte.

Die Stämme wurden auf einem Tieflader zu der von mir angemieteten Fabrikhalle gebracht. Ich konnte kaum glauben, wie riesig ihr Durchmesser war, wie dick die Rinde, wie schwer die Büschel aus übrig gebliebenem Laub. Die Arbeiter aus der benachbarten Lagerhalle steckten sich die selbst gedrehten Zigaretten zwischen die Lippen und schüttelten den Kopf. Wir hatten uns einer umfassenden Arbeitsschutzprüfung unterziehen müssen, trotzdem wirkte das Projekt irgendwie größenwahnsinnig. Sean hatte einen guten Blick für Probleme und ihre Lösungen; er wusste, wie die Skulptur zu stützen und wo sie zu verankern wäre. Wir arbeiteten im Freien, unter einer Schürze aus Wolken und Wetter am Fuß der Penninen. Eine Million Autos rasten vorbei. Sean hatte die mittlere Windgeschwindigkeit, die durchschnittliche Kraft der Böen und den Niederschlag berechnet. Er hatte sogar für die Möglichkeit vorgesorgt, dass der Helmwind seine Richtung änderte und aus Westen kam, was eigentlich nie passierte.

*Klingt nach Science-Fiction, aber warum nicht.*

*Danke. Wie wäre es mit winzigen Tyrannosaurusärmchen für das Ding? Damit würdest du mir die Arbeit sehr erleichtern*, entgegnete er.

Innenliegende Stahlmasten und ein Fundament aus porenfreiem Beton. Sean hatte Brückenpfeiler aus Marmor aufgestellt und Böden aus Zement gegossen, er hatte einsame Landschaften planiert und in verlassenen Scheunen und Fabrikhallen mit Hochdruckstrahlern und überdimensionierten Sägen gearbeitet. Wir konnten nachweisen, dass sie stabil und sicher stehen würde. Laut Sean war die Statik ohnehin fast nie das Problem. Meistens haperte es an den Finanzen; manche Budgets schienen regelrecht zu verpuffen, und vor allem die großen Arbeiten gerieten schnell ins Stocken. Seine Lösungen und Nachbesserungen gefielen mir. Er hatte Respekt vor den Materialien und ein Verständnis dafür, wie sie miteinander interagierten. Der Guss des brutalistischen Betonsockels wurde erst durch ein provisorisches Exoskelett aus Holzplanken möglich. Sean würde den gesamten auf dem Gelände vorhandenen Ginster ausgraben, die Pflanzen einzeln kennzeichnen und später wieder einsetzen.

Während wir vor der Fabrikhalle auf die Lieferung warteten, verwickelte er mich in ein Gespräch.

*Wusstest du, dass der Cyclone auf Coney Island zum Zeitpunkt seiner Errichtung einen steileren Winkel hatte als jede andere Holzachterbahn der Welt?*

*Nein*, sagte ich.

*Ich auch nicht. Die haben einfach improvisiert.*

*Soll das ein Witz sein?*

*Es ist, was es ist. Du weißt, dass der Grundwasserspiegel schwankt? Sie könnte immer noch im Boden versinken.*

*Danke. Jetzt bekomme ich Magenschmerzen.*

*Achtung, es geht los!*

Die Lastwagen rumpelten in den Hof.

Ich weiß es. Sie ist mein Meisterstück. Ein halb versengtes, kirchturmhohes Bauwerk, eine Verkörperung von weltfremder Streitlust und jugendlicher, ehrgeiziger Kühnheit.

Die oberen Planken aus Buchenholz wurden rosa bedampft, rundgebogen und in außergewöhnliche Winkel verdreht, die Gitterstrukturen darunter durch Verkohlung verstärkt. Mit flatternden Haaren und durchgedrücktem Rücken erhebt sie sich aus dem gelben Ginster wie von einem Scheiterhaufen. Willkommen im Norden.

Inzwischen haben sich alle an sie gewöhnt, selbst an ihre hängenden, schlaffen Brüste, das Loch zwischen den Beinen und die ins Gesicht gesägte Scharte, die zustimmend zu jubeln oder ins Feuer zu blasen scheint. Sie ziert Postkarten, der Abspann der Lokalnachrichten ist mit Luftaufnahmen von ihr unterlegt. Wieder und wieder habe ich erklärt, dass sie sich selbst erschaffen hat. Sie ist hinter den Hügeln hervorgetreten oder auf der Lava an die Erdoberfläche geritten. Ja, als ich sie entworfen habe, war ich wie in Trance, und ja, ich war ihr zwei Jahre zu Diensten. Genauso wahr ist, dass sie unzählige Male vermessen, gewogen und millimetergenau berechnet wurde – ihre Masse, ihr Gegengewicht, ihr Spiel, ihre Metrik.

Die Beschwerden kamen prompt und machten international Schlagzeilen. Sie war ein Spektakel, eine Verkehrsgefährdung, hässlich und unanständig. Die verbrannte Brustwarze, die unübersehbare Vagina. Angeblich verpasste sie dem Landstrich ein fatales Image. Doch Lady McKenzie verteidigte sie ohne Wenn und Aber und wies alle Fernsehmoderatoren zurecht, die wissen wollten, ob Hecky überdauern würde oder eine riesige Dummheit sei.

*Jonathan, Jonathan. Ist es nicht an der Zeit, dass wir uns von den kleinen weißen Marmorschwänzen verabschieden? Ein Hoch auf Hecky!*

Ingrid McKenzie glaubte an die Macht der künstlerischen Provokation, die irgendwann zur Ikone wird.

Dass die Schottische Hexe im Rennen für einen Preis war, erfuhr ich erst, als Karolina anrief und mir davon erzählte.

*Bien joué, Darling. Du stehst auf der Galeworth-Liste.*

Plötzlich bekam ich Anfragen für Interviews, Dokumentationen, Abendessen und was weiß ich noch alles. Die Preisverleihung war kaum auszuhalten. Niemand hatte damit gerechnet, dass ich den Preis gewinne, schon gar nicht ich. Auf den Fotos von der Gala in der Greenhall sitzt ein betretener Sean neben einem Smoking tragenden Jonah. Ich sehe eine merkwürdige, traurige Gestalt in einem gelben Overallkleid mit nachlässiger Frisur und japanischer Tätowierung auf der knochigen, ausrasierten Stelle über dem Ohr. Ihre Magerkeit wirkt wie ein Panzer. Einzig Karolina passt ins Bild – die schwarzen, hochgesteckten Haare, die tadellos gerade Wirbelsäule im tiefen Rückenausschnitt. Sobald die Reden vorüber waren, flüchteten wir zusammen mit einem von Jonah eingeladenen Kellner durch den Hinterausgang und verschwanden in der U-Bahn.

Holz trifft Hexe.

Der neue Koloss der britischen Heimatkunst.

Für die Porträts hatte Karolina nur beißenden Spott übrig.

*Heimatkunst? Dieser Männerverein ist einfach unerträglich. Anscheinend können sie nicht zugeben, dass eine Frau etwas Besonderes ist und besser als sie.*

Schon bald fühlte die Entwicklung sich unkontrollierbar an. Eine Woche nach der Preisverleihung warf ich einen Blick auf meinen Kontostand – und stutzte. Die Summe war unvorstellbar. Ich stand vor der Bank und starrte sprachlos auf den Bildschirm, während der Automat piepend auf weitere Anweisungen wartete und schließlich meine Karte auswarf.

*Brauchen Sie Hilfe?*, fragte der Mann hinter mir gereizt.

*Ja*, sagte ich.

Ich schob die Karte wieder hinein, hob den Tageshöchstbetrag ab, drückte ihm das Geldbündel in die Hand und ging weg.

Alle sagten mir, wer ich war, nur ich selbst hatte keine Vorstellung. Nach jeder Veranstaltung im Süden und jedem Interview schien ich weniger über meinen eigenen Schaffensprozess zu wissen. Ich hatte immer gearbeitet, trotz aller Schwierigkeiten, oder vielleicht wegen der Schwierigkeiten. Aber nun, als ich plötzlich viel Geld und alle Möglichkeiten hatte, fiel mir zum ersten Mal nichts ein.

Wie auf der Suche nach einem Versteck lief ich durch die Stadt. Ich ging am Fluss entlang, vorbei an Bootsschuppen, alten Brauereien und Papierfabriken. Die Schlupftür von Burntcoat stand offen, und ein Makler war gerade dabei, ein Verkaufsschild anzubringen. Ich fragte, ob ich eintreten und mich umsehen dürfe. Er erzählte mir, das Testament sei eröffnet worden, und nun wollten die Erben das Gebäude so schnell wie möglich loswerden. Ein solches Haus zu kaufen und sich in einer Industrieruine niederzulassen erschien absurd, aber bei der Versteigerung gab es außer mir nur einen weiteren Bieter, der fast sofort aufgab und mir viel Glück mit dem neuen Klotz am Bein wünschte.

Ich holte die Schlüssel ab und übernachtete in einem Zelt auf dem weichen, von Vogelkacke bedeckten Boden im Erdgeschoss. Meine eigene Dummheit entgeisterte mich. Schlaflos lag ich da und lauschte den gurrenden Tauben im Gebälk und dem herabrieselnden Putz.

Manchmal ist es leichter, sich auf den einmal gemachten Fehler einfach einzulassen. Es gibt vielleicht keine Logik, aber immerhin eine Eigendynamik. Ich entsorgte mein Handy und empfing keine Nachrichten mehr, weder aus meinem Freundeskreis noch von Karolina. In einem Anbau entdeckte ich ein altes Holzkanu, mit dem ich jeden Abend zum Anchorman paddelte und am Biergartengeländer anlegte. Der Pub gehörte meiner alten Schulfreundin Kendra. Sie nahm mich immer noch als das Mädchen mit den aufgeschlagenen Knien wahr, nicht als gefeierte Künstlerin. Sie redete mit mir, als wäre seither kaum Zeit vergangen.

*Hast du keine Lust, im neuen Jahrhundert zu leben, oder reisen Exzentrikerinnen heutzutage so? Ich habe für den Fluss keine Parkgenehmigung.*

Sie war nett zu mir, denn anscheinend spürte sie, wie schlecht es mir ging. Nach ihrer Schicht saßen wir zusammen und tranken und kicherten wie Teenager, während ihr Mann die Gläser einsammelte und uns sagte, wir sollten uns mal zusammenreißen.

*Was macht die alte Fickfabrik?*, fragte sie. *Ich weiß, du warst immer eine Landmaus, aber früher wurden in dem Gebäude die krassesten Partys gefeiert. Der perfekte Ort, um sich eine Geschlechtskrankheit zu holen.*

Ich blieb bis in den späten Abend, plauderte mit den anderen Gästen und versuchte, nicht aufzufallen und irgendwie anonym zu bleiben. Manchmal hatte ich langweiligen, sinnlosen Sex, wie eine Straßenkatze, die nachts durch die Gegend stromert. Manchmal brachte Kendra mich nach Hause, oder ihr Mann Nick fuhr mich mit dem Auto, wobei er jedes Mal wartete, bis ich hineingegangen und die Tür hinter mir geschlossen hatte. Manchmal paddelte ich angetrunken durch die Dunkelheit zurück, dann zerrte die Strömung am Kanu, während undefinierbare Objekte vorbeiglitten und gegen die Bordwand schlugen wie Totenschädel.

Einmal rutschte ich nachts auf dem Anleger aus und musste von Passanten aus dem Fluss gezogen werden. Meine Erinnerung an den Vorfall ist vage. Ich schlucke verdrecktes Wasser, ein Sanitäter drückt mir rhythmisch auf den Brustkorb. Whisky und Erbrochenes. Ich weiß nicht, ob es Absicht oder Leichtsinn war. Ich verbrachte die Nacht im Krankenhaus und bekam vorsorglich Antibiotika. Jede einzelne Rippe schmerzte. Die Presse berichtete darüber, ein

Reporter verfolgte mich sogar bis nach Hause und harrte tagelang aus, und als ich dann irgendwann auf die Straße trat, sprach er mich an und versuchte, mich zum Reden zu bringen. Vielleicht wollte er mir eine Beichte entlocken. Der Artikel, den er später veröffentlichte, war boshaft und gründlich recherchiert. Ich sei eine Hochstaplerin, die Tochter einer Verrückten. Er zitierte Kokoschka, wobei er mich nicht mit dem großen und genialen Künstler verglich, sondern mit dessen tragischer Puppe, der stillen Frau. Ich fing an, dummes Zeug zu erzählen. Ich behauptete, ich wolle aufgeben und eine Umschulung machen.

Jonah kam nach Burntcoat, weil ich ihn betrunken angerufen und gesagt hatte, das kleine blaue Boot meiner Seele sei gekentert.

*Kannst du dich überhaupt an den Blödsinn erinnern, den du mir erzählt hast, jou malkop?*, fragte er, packte mich bei den Schultern und schüttelte mich. Dann warf er seine Reisetasche in die Ecke und sah sich um.

*Prinzessin, ich werde mich eine Weile in deinem Palast niederlassen. Capiche? Wo ist die Latrine?*

Am nächsten Morgen wachte er hustend, fluchend und viel zu früh auf. Ich kochte Tee auf dem Campingkocher, Jonah griff zur Schaufel machte sich daran, die Vogelkacke aus den Ecken zu kratzen. Wir fanden verkalkte Austernschalen und Krebsbeine, Fladen aus mysteriösem Kompost und in den Schränken alte Geschäftsbücher, die wir nicht entziffern konnten. Jonah sagte, er befinde sich gerade zwischen zwei Aufträgen; er sei pleite und brauche Ablenkung, damit er keine Dummheiten mache. Vielleicht werde er die Sanierungsarbeiten fotografieren, und auch mich, und nebenbei lernen, zu klempnern und Parkettböden zu verlegen.

*Wie in der guten alten Zeit*, sagte er. *Bloß dass ich langsam kahl werde und du anscheinend der nächste Rodin bist.*

Nach der Uni hatten wir im selben Kollektiv gearbeitet und uns auf Anhieb gut verstanden. Jonah war unglaublich talentiert, er hatte jede Menge Ideen und meistens Liebeskummer. Er lasse sich zu leicht von der Schönheit ablenken, sagte er, und so war er ständig in irgendwelche tragischen Affären verstrickt. Wir wussten beide, dass er mir helfen wollte; ich hatte einen Nerv getroffen. Sein Vater hatte Selbstmord begangen und sich mit einer Dienstpistole in den Bauch geschossen. Die Putzfrau hatte ihn gefunden, kurz bevor Jonah von der Schule nach Hause kam. Sie hatte den Torso zugedeckt und den Rettungsdienst gerufen, es aber nicht mehr geschafft, die Wände zu säubern. Jonah besaß ein feines Gespür für Scham, Wut und die heimtückische Wiederkehr des Beispielhaften; er erzählte die Geschichte gern.

*Als ich reinkam, war der alte Sack noch am Leben. Er wollte wissen, ob ich Hausaufgaben aufhätte.*

Er half mir, Burntcoat zu gestalten. Er sprach mit den Glasern und versicherte ihnen, dass die riesigen Fenstermaße korrekt waren. Zusammen schleppten wir eine alte Badewanne und den gusseisernen, planetenschweren Ofen ins Obergeschoss. Danach setzten wir uns im Atelier auf den Boden und lehnten den schmerzenden Rücken an die Wand.

*Es gibt einen guten Grund dafür, warum kein normaler Mensch diesen roten Klotz kaufen wollte. Aber wenn du hier wirklich Mega-Lego spielen willst, brauchst du viel mehr Platz. Das da muss weg.*

Er zeigte auf die Mittelwand. Wir führten ein ziemlich beiläufiges Gespräch darüber, ob sie wohl tragend sei, dann griffen wir zum Vorschlaghammer, klopften die Ziegel mit willkürlichen Schwüngen heraus und legten Licht und Länge des Gebäudes frei, ohne zu wissen, ob es einstürzen und uns unter sich begraben würde. Jonah holte seine Kamera, positionierte sich unaufdringlich und mit gespreizten Beinen im Hintergrund und ließ den Blick über den glitzernden Fluss schweifen. Der Verschluss schloss sich scharrend und genau im richtigen Moment; es klang, als würde man ein Streichholz entzünden. Mein Arm verschwamm in der Bewegung wie ein Maschinenteil, dahinter eine Explosion aus Sonnenlicht.

Abends benutzten wir den Campingkocher oder aßen im Anchorman.

*Ich lasse dich noch nicht vom Haken*, sagte er, *denn das zählt nicht als Arbeit.*

Ich hielt eine Hand hoch. Sie war aufgeschürft und voller Schwielen.

*Fühlt sich aber nach Arbeit an.*

*Die können dich mit ihrem schmutzigen Konzerngeld nicht kaufen.*

*Darf ich dich bezahlen?*

*Du kannst mir noch ein Bier ausgeben, und du kannst mir ein Ticket buchen, wenn alles fertig ist.*

*Du willst zurück nach Kapstadt? Hätte ich nicht gedacht.*

Was wir selbst nicht schafften, überließen wir den Handwerkern. Das Geld floss nur so von meinem Konto ab. Das Dach, die Böden, die Heizung, Fliesen. Für das Atelier schaffte ich eine Drehbank, Sägen, Schraubzwingen, Druckluftkompressoren und Gasbrenner an. Ich würde nie wieder woanders arbeiten müssen. Wir besorgten ein Gerüst, damit ich im Hof Modelle zusammensetzen konnte, und gegen Ende der Renovierungsarbeiten baute Jonah es an der Fassade auf und beschrieb das Mauerwerk. Ich wusste nicht so richtig, was er da tat, bis ich eines Tages zu ihm hochkletterte. In einer Hand hielt er *Die Rötung*, mit der anderen kopierte er den Text an die Wand.

*Du bist beim achten Kapitel?*

*Ja.*

Burntcoat wurde zu meinem fantastischen Zuhause. Unten das Atelier, oben eine Upcycling-Wohnung mit nackten Ziegelwänden. Zwei Halbkugeln, und beide waren ich.

Manchmal werden wir von Freunden gerettet, und danach verschwinden sie aus unserem Leben. Doch wir tragen sie für immer im Herzen. Vor fünfzehn Jahren war ich bei Jonahs Hochzeit, und abgesehen von unseren sporadischen Videocalls habe ich ihn seither nicht mehr gesehen. Vor seiner Abreise bestand er auf einer Party. Wir hängten Lichterketten in den Hof, bauten eine Stereoanlage auf und luden alle ein, die wir kannten. Kendra brachte mehrere Bierfässer mit. Die Musik schallte über das verlassene Flussufer und lockte Leute an wie ein Konzert. Es gab brennende Tonnen mit Holz und Benzin. Am Ende blieb ich an einer Frau namens Ro hängen. Ich wolle anscheinend nur meine Grenzen austesten, sagte sie, was sie aber nicht zu stören schien.

*Ich habe schon eine Menge Frauen umgedreht*, erzählte sie stolz. *Du hast eine ganz außergewöhnliche Haut.*

Sie war intelligent und arbeitete für einen Obdachlosenverein. Dass ich Burntcoat besaß und direkt unter der Wohnung Propangas lagerte, entsetzte sie. Wir tanzten und knutschten, dann gingen wir nach oben ins Bad. Jonah winkte uns nach.

*Dein Freund?*

*Mein Huckleberry.*

Sie zog sich das Top aus. Sie hatte schwere Brüste, blassrosa, fast unsichtbare Nippel und ein Zungenpiercing. Sie hatte Pillen dabei.

*Was ist das?*

*Das ist Jade. Keine Angst. Mund auf!*

Das grüne Kügelchen löste sich auf wie Kreide und schmeckte nach Aspirin und Zink. Eine halbe Stunde später zeigte ich Ro das Schlafzimmer. Sie kannte die Situation und ließ es langsam angehen. Ihre Komplimente waren geradezu politisch und dienten der Bestärkung und Weiterbildung. Sie liebte dieses und jenes an mir.

*Fühl selbst, wie unglaublich weich du bist.*

Sie saugte so sanft, als wäre ich ein Mann, zog mich mit beiden Händen auf, schob erst die Zunge hinein und dann die Finger. Als sie ihre Hand wieder wegnahm, fühlte ich mich leer, irgendwie unvollständig. Das warme Piercing klackte metallisch gegen ihre Zähne, auf meiner Haut fühlte es sich an wie ein winziger Fingerknöchel. In mir ging ein Feuerwerk los; in meinem Kopf, meinem Becken und zwischen meinen Rückenwirbeln schienen Funken zu sprühen. Jede Berührung war elektrisch aufgeladen, himmlisch, zu viel.

*Du solltest die Seiten wechseln, Edith.*

*Okay. Klar.*

Nach dieser Nacht wandte sie sich einer anderen zu, aber in jenen Minuten und Stunden war es perfekt. Unten tanzte Jonah mit freiem Oberkörper und unabhängig vom Takt der Musik, alles um ihn herum wirkte lebhaft und überplastisch. Neben ihm tauchte ein Phantom seiner selbst auf, Gestalten scharten sich um die brennenden Tonnen, in den dunklen Ecken herrschte Bewegung, auf der Feuertreppe fickte ein Paar im Stehen. Ich fühlte Ros Zunge noch immer.

Irgendwann ging Jonah nach oben, öffnete die Fenstertür und stellte sich auf den Balkon über dem Fluss. Die Leute auf dem Anleger legten den Kopf in den Nacken, Ro zeigte in die Höhe.

*Dein Huckleberry?*

Er stand da, nackt, makellos und unbeweglich, und neigte den Kopf zum Wasser hinunter wie ein Reiher oder ein Heiliger. Ein paar Leute applaudierten und pfiffen, als wäre die Performance damit beendet. Ich wusste, er würde springen. Ich kannte Jonah, seine Gründe und seine grundlosen Entschlüsse, seine Sehnsucht nach Gegensätzen. Das Wasser war tief und harmlos, aber im Flussbett hatte sich versunkener Schrott angesammelt.

Er hielt einen Moment inne, stellte einen Fuß auf das niedrige Geländer und lehnte sich zurück, und dann warf er sich nach vorn. Ich kann es bis heute sehen. Sein Körper in der Schwebe wie ein erstarrter menschlicher Stern, angestrahlt vom Licht des Gebäudes, und dann der jähe Sturz, der nach oben flatternde Penis, die geballten Fäuste. Beim Aufschlag explodierte das dunkle Wasser. Er ging unter, die Wellen klatschten gegen die Ufermauern und den Anleger. Ro rief:

*Nicht sein Ernst.*

Beim Auftauchen stieß er einen wilden Schrei aus, halb vor Schmerzen, halb vor Euphorie. Er warf den Kopf hin und her und schwamm zum Anleger. Andere Partygäste sprangen johlend ins Wasser. Die Party war getauft worden. Keine Stunde später kam die Polizei.

Aber ich sah – und sehe immer noch – eine andere Variante, ähnlich den von der Droge ausgelösten Zwillingsschatten auf der Tanzfläche. Jonah springt und reitet auf der Luft. Das Wasser schlägt über seinem Kopf zusammen, die Oberfläche wird abermals glatt. Er sinkt in die Tiefe, stößt einen langen, trockenen Luftstrom aus und trifft auf das zerklüftete Flussbett. Er steht zwischen alten Schiffsrümpfen und rostenden Motoren hinter einem Vorhang aus Schilf, während eine Kette sich um seine Fußgelenke legt und das Wasser in seinen geöffneten Mund eindringt.

Der schlimme Kater nach der Pille, die Auflehnung gegen die Schwerkraft, die Monate der Arbeit und des Adrenalins. Der riesige Raum, den Naomi hinterlassen hatte und den nun meine Kreatur ausfüllte. Was immer der Auslöser war – den Rest der Nacht verbrachte ich stumm leidend im Hof, wo Ro mir über den Rücken strich und mir versicherte, niemand sei gestorben, alles sei in Ordnung, atmen, atmen. Die bläulich zuckenden Lichter auf dem Fluss verschafften allen Partygästen einen Vorsprung. Der Bußgeldbescheid hängt bis heute in der Küche, gleich neben den Originalabzügen von Jonahs Fotoserie *Mind-House*. Er sieht aus wie ein Abschiedsbrief.

*

Manchmal vergeht ein ganzes Leben, bevor man weiß, wie man leben soll. Wie man das alles sinnvoll oder erträglich gestalten kann und zumindest einen Anschein von Weisheit erlangt. Ich habe verschiedene Techniken der Anpassung und Akzeptanz ausprobiert. Ich habe versucht, mich von der Welt und wie sie sich darbietet weder abstoßen noch bezaubern zu lassen. Nach innen zu blicken. Das Wesentliche zu finden, das immer gut ist. Ich bin gereist und auf Pilgerwegen gegangen, habe die Gebirge des Nordens durchwandert und mich auf einsame, lebensgefährliche Weise in die Hände der Natur begeben. Ich habe gefastet und meditiert. Als ich fünfzig wurde, verbrachte ich mehrere Monate in Südostasien. In Thailand schloss ich mich einer Gruppe an. Der Leiter hieß Subhadassi, war freundlich und hatte absolut kein Mitleid. Morgens verwirrte er die wenigen westlichen Mitglieder mit kleinen Scherzen. Ich versuchte, weder Mann noch Frau noch Künstlerin zu sein. Die groben, weit geschnittenen Gewänder hingen an uns herunter wie rostrote Flügel. Ich stopfte meine Identität in eine Reisetasche und legte sie neben meiner Pritsche ab. Wir sammelten Regenwasser zum Waschen und Trinken, brannten Räucherstäbchen ab und sagten Mantras auf. Mehrere Wochen lang saß ich vor einem Leichnam und beobachtete seine Verwesung. Wir lebten, sprachen und meditierten im Beisein einer grauen, aufblühenden Präsenz.

*Auch das gehört zu unserer Existenz*, erklärte Subhadassi. *Meuan-gan.*

Der Körper ist nicht mehr als sein Zustand, in jedem Augenblick. Veränderung und Verfall des Fleisches, sein unvoreingenommenes Werden. Dass die Zellen sich Stunde um Stunde veränderten, hatte etwas Sinnliches; es war nicht beängstigend, sondern tröstlich. Nichts war, wie ich es in Erinnerung hatte, oder vielleicht war es genau so. Ich wurde verändert, und mit mir mein Konzept von Existenz. Wir streben danach, gegen die Veränderungen immun zu sein, weil es uns übermenschlich und befreiend erscheint. Doch irgendetwas kommt uns immer dazwischen – das Ego, die wiederkehrende Vergangenheit oder kleine, harte Ängste, beispielsweise in Form von Ablagerungen in der Niere oder dem Brustgewebe. Ein Bewusstsein für Leid oder Sehnsucht, Hoffnung, das unbeweisbare Jenseits. Ich habe alles versucht, aber der Lärm in meinem Kopf hörte nicht auf, sondern erhob sich ständig von Neuem, spätestens im Flugzeug, wenn die Luft beim Abstieg aus den Wolken riss und Gefühle und Schwächen durchließ. Der Körper ist eine Wunde, eine schrillende Alarmglocke – Leben, Leben, Leben.

Das Virus hat seine alten Namen abgestreift. Sie waren beängstigend, unzutreffend, diskriminierend. Hanta. Nova. Inzwischen heißt es einfach nur AG3. Es gilt als eingedämmt, als zurückliegendes Ereignis, aus dem wir immer noch lernen. Notfallplanung. Rückverfolgung von Sozialkontakten. Herdenkontrolle. Das Bild des Erregers – orange, faserig – ist so wiedererkennbar wie der Mond. Kinder zeichnen ihn im Biologieunterricht, samt seiner eigenartigen Ärmchen und Spike-Proteine. Die Slogans von damals und die ersten offiziellen Bekanntmachungen, in denen die Symptome aufgelistet wurden, wirken aus heutiger Sicht antiquiert.

*Wahrscheinlich ist es längst hier*, hast du Anfang des Jahres gesagt, und du solltest recht behalten. In den Krankenhäusern hielt man es irrtümlich für jahreszeitlich bedingt. Ein Fall. Ein Dutzend Fälle, fünfzig, hundert. So beginnt die Kurve – schrittweise, exponentiell. Die Zahlen pochen auf den Glauben, bis sie ihn verbiegen.

Als die Bekanntmachung kam, aß ich gerade im Restaurant zu Abend und wartete darauf, dass du mit der Arbeit fertig wirst. Außer mir waren nur zwei weitere Gäste da. Du hast immer wieder auf dein Handy geschaut, und ich auf meins. Die Premierministerin trat live auf. Sie klang so zerknirscht und streng wie ein enttäuschter Elternteil und forderte die Nation auf, nach Hause zu gehen und dort zu bleiben. Alles wurde dichtgemacht. Sie rief den landesweiten Notstand aus. Du hast innegehalten, den Kopf gehoben und meinen Blick gesucht. Du hast das Gericht zu Ende gekocht, es verpackt und den Wartenden gebracht, die die kostenlose Mahlzeit entgegennahmen und etwas von seltsamen Zeiten sagten. Wir würden den Satz noch so oft wiederholen, bis er seine Bedeutung verlor. Dann bist du zur Tür gegangen und hast das Schild umgedreht.

*

Ich fühle mich, als hätte man mir den Stecker gezogen, und jetzt bin ich zu weit von der Steckdose entfernt. Nichts bleibt als der rote Warnbalken. Ich war in der Stadt, aber es hat mich überfordert und ausgelaugt. Vielleicht gehe ich nie wieder hin. Die Berichte über das Wiederaufflammen weichen voneinander ab. Angeblich ist es beim zweiten Mal schneller und schmerzhafter, was sich als Segen erweisen könnte, denn normalerweise zieht es sich hin und steigert sich langsam. Viele Patienten beten dafür, dass es endlich vorbei ist.

Als ich zu Rostam kam, hatte er das Bäumchen schon besorgt. Mit in Papier eingeschlagenem Topfballen wartete es am hinteren Ende des Marktstands. Zwischen den hellgrünen Blättern sah ich kleine Blütenknospen, ein paar davon bereits aufgeplatzt. Alles wie bestellt. Als Rostam mich entdeckte, zeigte er keine Überschwänglichkeit, sondern nickte nur knapp. Er trug den Hut auf dem Hinterkopf wie ein Jazzmusiker, das Haar unter dem Heiligenschein aus Filz war grau und sehr kurz. Wie schnell alles vergeht, dachte ich. Die Tulpen leuchteten wie grelle Fackeln in Rot, Lila und Gelb.

Meine Augen waren empfindlich, mein Kopf begann zu schmerzen. Ich hatte den kleinen Handwagen aus der Werkstatt mitgebracht und neben dem Stand abgestellt.

Obwohl sich erst zwei Knospen geöffnet hatten, duftete der Baum stark. Ich atmete tief ein und schloss die Augen. Rostam kassierte eine Kundin ab und kam dann zu mir. Mit dem kleinen Finger zeigte er auf die weißen Punkte im Grün.

*Eben eingetroffen*, sagte er. *Ist es richtig so?*

*Ja. Ich danke Ihnen.*

*Wie geht es?*

*Ich bin ein bisschen müde.*

*Verstehe*, sagte er. *Möchten Sie einen Tee?*

Das Angebot war nett und ging über den Handel hinaus.

*Bitte, gehen Sie durch und nehmen Sie Platz*, nötigte er mich, *gehen Sie.*

Ich wollte die Maske aufsetzen, aber er winkte ab und sagte, das sei nicht nötig. Im hinteren Teil des Standes sah ich zwei Stühle, einen kleinen Wasserkocher aus Chrom, Gläser, eine Zuckerdose. Eine Zigarettenschachtel und Pfefferminzbonbons. Das Holz der Kabine roch nach den Pollen und dem Laub, die im Laufe der Jahrzehnte hier gelagert worden waren. An einer Wand hing ein Foto von Rostams Familie: Frau, Sohn, Tochter. Die Kinder trugen das Trikot des örtlichen Fußballvereins. Über dem Foto ein blaues Glasauge, ähnlich dem über der Tür deines Restaurants.

Rostam kam nach und schenkte uns Tee ein. Als er sich vorbeugte und mir das Glas reichte, knarzte sein Ledermantel. Wir saßen minutenlang schweigend da. Das kleine, höfliche Ritual erinnerte mich an dich, und auf einmal fragte ich mich, ob dein Name fallen würde. Ich habe ihn so lange nicht mehr gehört.

*Haben Sie alles, was Sie brauchen?*, fragte er.

*Ich glaube schon.*

*Das ist gut. Sehr gut.*

*Danke, dass Sie mir das Bäumchen besorgt haben.*

*Keine Ursache. Ich musste nicht weit fahren. Mein Sohn ist mitgekommen und hat mir Gesellschaft geleistet.*

Rostam nippte an seinem Glas.

*Ich überlege, mich zur Ruhe zu setzen.*

*Wird Ihr Sohn den Stand übernehmen?*

*Nein, er will Medizin studieren. Meine Frau möchte zurück nach Antakya. Sie vermisst ihre Mutter.*

*Werden Sie umziehen?*, fragte ich.

*Vielleicht. Wir besitzen da ein kleines Haus.*

*Sie waren hier sehr erfolgreich. Ihr Stand ist der älteste auf dem ganzen Markt.*

*Die Gemeinde hat die Standmiete nie erhöht. Wissen Sie, ich genieße bei denen einen anderen Status. Sie nennen mich Rosty.*

*Ja.*

*Meine Freunde sind schon vor Jahren von hier weggegangen. Mir soll es egal sein, mein Land existiert nicht mehr.*

Ich nickte.

*Ich erinnere mich.*

*Ich auch*, sagte Rostam. *Obwohl ich es nicht will.*

*Wir würden Sie sehr vermissen.*

Er legte eine Hand auf meine.

*Uns beide trennt nur ein einziger Berg.*

Der Tee war süß und stark. Ich hatte an dem Morgen nur wenig gefrühstückt und nichts geschmeckt. Ich bedankte mich noch einmal bei Rostam, stand auf und schwankte kurz. Er bot mir sofort an, den Baum später am Tag zu liefern, aber ich versicherte ihm, es gehe mir gut und ich käme allein zurecht. Er hob das Bäumchen vorsichtig auf den Karren und vergewisserte sich, dass es nicht umkippen konnte. Ich wollte ihm Geld geben, aber er hob die Hand.

*Nein, ich bitte Sie. Das geht nicht.*

Ich wollte darauf bestehen, aber er schüttelte den Kopf und wirkte fast ein bisschen gekränkt. Also nahm ich das Geschenk an und bedankte mich abermals. Als ich ging, rief er mir etwas nach.

*Safaret bekheir.*

Ich drehte mich um, aber er hatte sich schon abgewandt und sprach mit dem nächsten Kunden.

Während der Karren über das Straßenpflaster rumpelte, an der Kathedrale vorbei und bis zum Fluss, wurde das Bäumchen durchgeschüttelt. Meine Arme waren schwach, ich wollte unbedingt nach Hause. Ich hatte weder meine Brille noch den Gehörschutz dabei. Die Leute starrten mich an wie immer. Meine Haare sind mittlerweile lang, fast so lang wie die von Naomi, nur in Grau. Meine Kleidung ist immer zu groß und ein bisschen lächerlich. Ich benutze Stricke als Gürtel und bessere meine alten Strickjacken immer wieder aus. In Burntcoat hängen keine Spiegel mehr. Nach dir habe ich sie alle heruntergenommen, deswegen kann ich mein Aussehen schlecht beurteilen. Wahrscheinlich wirke ich krank, hauptsächlich wegen meiner seltsam durchscheinenden, wachsartigen Haut und den zaghaften Bewegungen.

Als ich nach Hause kam, war ich vollkommen erschöpft. Ich schaffte es kaum, den Topf in die Wohnung hinaufzutragen. Ich spürte mein Herz rucken. Immer schon habe ich mich über Gebühr verausgabt, aus reiner Sturheit. Ich stieß die Tür mit dem Fuß auf und schob mich hindurch, und dann verließ mich die Kraft. Ich sackte zu Boden, das Bäumchen kippte um und die Erde verteilte sich überall. Ich war orientierungslos und konnte nicht mehr aufstehen. In meiner Panik atmete ich zu schnell, das Rauschen in meinen Ohren kündigte eine Ohnmacht an. Ich legte mich auf die Seite und versuchte, tiefer zu atmen und ruhiger zu denken. Und dann hörte ich mich wie aus dem Nichts schreien.

*Fick dich, fick dich, jetzt noch nicht!*

Ich fing an zu weinen und schluchzte so hemmungslos wie ein hilfloses Kind.

An einem Haken neben der Tür hing meine alte, blaue Jacke aus Japan. Indigo, dachte ich. Sie passt mir immer noch, ich kann aufstehen und sie anziehen, ich kann aufstehen und sie anziehen. Ich konzentrierte mich auf den Stoff und die Knebelverschlüsse und zählte von zweitausend abwärts, als stiege ich die Stufen vor einem Schrein hinunter, weiter, immer weiter, bis der Lärm und die Panik verebbten.

*

Du kamst mit Büchern, einer Reisetasche voller Kleidung und ein paar Wertgegenständen nach Burntcoat. Am Tag der Bekanntmachung bist du abends noch lange im Restaurant geblieben, um die Lebensmittel in Kühlschränken und Gefriertruhen zu verstauen und die nicht mehr benötigten Geräte vom Stromnetz zu trennen. Danach bist du nach Hause gegangen und hast gepackt. Unter den mitgebrachten Sachen befand sich auch eine antike Kaffeemühle aus Messing, die deinem Großvater gehört hatte. Sie war schlank und wunderschön, ein Ding aus einer anderen, kunstvolleren, mechanischeren Epoche.

*Leider riecht sie nach Pfeffer. Mein Großvater hat die Körner darin gemahlen.*

Ich stellte sie gut sichtbar auf den Küchentresen, um ihren Wert zu betonen, der in Wahrheit dein Wert war. Wir hatten nicht darüber gesprochen, dass du einziehst. Es war eine Selbstverständlichkeit.

*Ich mache dir einen Kaffee.*

*Danke. Ich hätte gern einen mit Pfeffergeschmack.*

*Natürlich.*

Du hast die Bohnen hineingekippt, die Mühle verschraubt und die Kurbel gedreht. Um genug Pulver zum Kaffeekochen zusammenzubekommen, brauchte es sehr viel Geduld, aber wir hatten ja Zeit. Das Restaurant war geschlossen. Die Straßen leerten sich zusehends. Wir traten in die Zeitlosigkeit ein.

*Mein Großvater wollte, dass ich seinen Namen bekomme*, hast du während des Kurbelns gesagt.

*Was bedeutet er?*

Du hast kurz überlegt.

*Ohne Ende?*

*Ewig.*

*Ja, ewig.*

*Und Edith?*

Mit dem Geliebten festzusitzen ist ein Segen und so intensiv wie ein Traum. Das dachte ich in den ersten Tagen. Ich hatte nur ein Mal zuvor mit einem Mann zusammengelebt, aber deine Nähe war anders, denn wir waren Verbündete. Das Erschrecken, einen Menschen wahrzunehmen, wo man sich allein glaubte. Die Fremdheit eines nackten Rückens, die muskulöse Fläche zwischen Wirbelsäule und Schulter, wo die Flügel fehlten. In der ersten Woche unserer Gefangenschaft blieben wir stundenlang im Bett, zögerten den Sex hinaus und schwelgten im schmerzlich gedehnten Begehren, aßen, redeten oder setzten uns zum Lesen an den Zimmerofen.

*Machst du dir Sorgen?*

*Worum?*

*Um das Restaurant.*

*Ja. Aber was soll ich machen?*

Dass du zuletzt ein Buch zu Ende gelesen hattest, war Jahre her. Du hast auf Englisch gelesen, langsam und mit vor Konzentration geneigtem Kopf. Du sahst aus wie ein Henker. Du hast den Hof aufgeräumt und für uns gekocht. Es hatte einen Ansturm auf die Supermärkte gegeben, bald würden die Lebensmittel rationiert, aber wir hatten die Vorräte aus dem Restaurant, unser geheimes Lager, und daher keinen Grund zur Panik. Du hast regelmäßig versucht, deine Familie anzurufen, aber die Leitung war ständig besetzt oder überlastet, sodass keine Verbindung zustande kam.

Wie in einer überstürzt eingegangenen Ehe lernten wir einander beim Zusammenleben kennen. Wir saßen auf dem kleinen Balkon, unterhielten uns und schauten zu, wie der Fluss Farben und gelegentlich einen Schwan vorbeitrug. Kein Geschrei von den Schulhöfen. Kein Autoverkehr. Selbst der Himmel war stumm.

*Das Vogelgezwitscher ist wirklich erstaunlich. Wie schnell sie die Stadt erobert haben.*

*Die Republik der Vögel.*

*Findest du nicht auch, dass die Luft irgendwie anders ist?*

*Klarer?*

*Ja.*

Die Glocken der Kathedrale wurden nicht von einem Menschen geschlagen, sondern automatisch. Jede Stunde wiederholte sich der Refrain in Moll. Ihr Läuten war punktgenau und wegen der mangelnden menschlichen Beteiligung ein bisschen unheimlich.

*Ich mag das nicht*, sagte ich.

*Was?*

*Das Läuten. Es klingt wie eine Totenglocke.*

*Eine Totenglocke? Das Wort kenne ich nicht.*

*Wenn jemand stirbt, werden in der Kirche drei Glocken geläutet. Jede hat einen eigenen Namen. Für die Phasen des Todes, glaube ich.*

Du hast genickt. Vielleicht war dir das Konzept bekannt.

*Im Islam wird freitags das Sela ausgerufen. Die Namen der Verstorbenen werden verlesen. Betet, bevor es zu spät ist. Der Tod findet uns alle. Siehe, wir sind Allahs, und zu ihm kehren wir heim. Jede Seele soll den Tod schmecken.*

Du hast leise geschnaubt und mich angesehen.

*Ich mag das nicht. Wir sollen Angst haben und uns zusammenreißen.*

*Hast du Angst?*

*Du?*

*Nein. Ich glaube, wir hätten es längst gemerkt. Wenn wir uns angesteckt hätten.*

Bei Tageslicht wirkten deine Augen grauer und klarer. Auf Fotos ist die Farbe kaum zu erkennen. Es war, als wärst du draußen ein anderes Wesen.

Wir pflanzten Tomaten im Hof und spielten, wir wären auf einer Insel. Leute unseres Alters erkrankten schwerer. Je stärker das Immunsystem, desto heftiger die Reaktion, sobald es sich gegen den Wirt wendete. Unvorstellbar für uns, schließlich blühten unsere Körper gerade auf. In der Stadt war alles ruhig, nur von der fernen Hauptstraße waren die Sirenen der Rettungswagen auf dem Weg ins Krankenhaus zu hören.

Niemand wusste, wie lange die Ausgangssperre noch dauern würde, wie lange wir uns noch isolieren müssten und die Gesellschaft stillstehen würde. Mir war es egal. Ich dachte an Naomis Cottage am Ende des Tals und an die hohen Schneewehen früher, wenn wir uns den Weg zum Auto freischaufeln mussten und auf hartes, schwarzes Glatteis stießen, was bedeutete, dass die Straße selbst bei Tauwetter eine tödliche Falle war.

Abweichendes Verhalten war auf einmal gestattet und konnte sich hinter verschlossenen Türen entfalten. Kreativität, Widerspenstigkeit, eskalierende Hobbys, Gewalt. Plötzlich legten alle sich Haustiere zu, und jetzt schon wurden viele davon wieder ausgesetzt, weil die Leute mit der Haltung und den Kosten überfordert waren.

*Ich hätte gern einen Hund*, sagte ich zu dir. *Wo ich herkomme, hatten alle einen Hund.*

*Im Ernst?*

Ich fand deinen Blick finster, irgendwie missbilligend.

*Und jetzt willst du auch einen?*, hast du gefragt.

*Ja.*

*Bist du dir absolut sicher?*

*Es war ein Witz, Halit.*

*Über so was macht man keine Witze.*

Ich sah dich irritiert an. Hatte ich einen Nerv getroffen? Wir waren kurz vor unserem ersten kleinen Streit, und das wegen nichts – Haustiere, Statussymbole, Besitz. Ich verstand es nicht. Du hast den Kopf gehoben und ein paar Mal laut geschnüffelt, dann bist du auf die Knie gesunken und hast die Hände ausgestreckt. Du bist auf allen vieren auf mich zugekrochen und hast am Tisch, an meinen Füßen, am Boden geschnuppert. Ich brauchte eine Sekunde, diese absolute Hemmungslosigkeit zu verarbeiten.

*Oh. Verstehe.*

Du hast gebellt und dich an meine Knie gedrückt, und ich habe gelacht.

*Ja, ja. Alles klar.*

Du hast abermals gebellt, bist zur Tür gekrochen und hast winselnd daran gekratzt. Deine Vorstellung war erstaunlich gut und viel zu überzeugend. Ich konnte fühlen, wie die Schamesröte an meinem Hals aufstieg.

*Okay. Okay, stopp, steh auf.*

Du hast die Zunge heraushängen lassen und mich unschuldig, demütig angestarrt. Du hast laut gejault und mit den Händen gescharrt. Ich musste mitspielen.

*Was möchtest du, Hund? Möchtest du raus?*

Du hast den Kopf geschüttelt.

*Möchtest du herkommen?*

Folgsam bist du auf mich zugekrochen. Du hast an meinen Knien geschnüffelt, mir über die Schienbeine geleckt und an meinen Wollsocken geknabbert.

*Hey! Lass das! Böser Hund.*

Du hast kurz aufgewinselt und dann wieder an meinen Schienbeinen geleckt, an den Knien, immer höher.

*O Gott, du musst damit aufhören. Bitte!*

Dein Kopf verschwand unter meinem langen Baumwollhemd, das Gefühl veränderte sich. Lange Striche mit der Zunge. Deine Hände schoben sich unter meine Pobacken und die dünne Baumwollunterwäsche, das Spiel löste sich auf und wurde menschlich. Du hast den Stoff beiseitegezogen und warm auf meine Haut geatmet. Ich lüpfte das Hemd, um dich zu sehen, dann öffnete ich die Knopfleiste und warf es zu Boden. Deine Zunge war wie eine weiche, nasse Klinge mit scharfer Spitze, die sich selbst wieder und wieder über einen weichen Streichriemen zieht. Ich schob meine Hände in dein Haar, um das Gleichgewicht zu halten. Deine Laute klangen wieder menschlich.

*Können wir ins Bett umziehen?*

Du hast nicht reagiert. Die Luft erschien mir zu dünn, um mich aufrecht darin zu halten. Du hast mich zu dir heruntergezogen, mich umgedreht und festgehalten, dich über meinen Rücken gebeugt und angefangen. Wenn wir nur tief genug ineinander eindrangen, würden wir ein Versteck finden.

*

Die Bilder aus jener Zeit haben sich eingebrannt. Die Krankenschwester zwischen den Supermarktregalen. Sie kehrt uns den Rücken zu, ihr Haar ist zerzaust und ihr Kittel zerknittert; der leere Korb an ihrem Arm scheint sie in die Tiefe zu ziehen. Der Papst kniet im Regen auf dem menschenleeren Petersplatz. In Neapel – die dortige Variante gilt als unaufhaltsam – steigen kubanische Ärzte aus dem Flugzeug. Ihre Gesichter sehen aus wie Bronzemasken, die Hände des applaudierenden Bodenpersonals wie in der Luft erstarrt. In Heathrow steht ein in den Wirren der Bürokratie gefangenes Transportflugzeug für medizinische Ausrüstung mit geschlossener Frachtklappe auf der Landebahn. Ein walisischer Arzt hat den Tank aus einem Wasserspender entfernt, den Boden abgetrennt und sich als Maske über den Kopf gestülpt. Die Falten im Kunststoff vergrößern die Falten auf seiner Stirn; er war einer der ersten Helfer, die ums Leben kamen.

Ich habe mir die Bilder oft angeschaut, kurze Momente, die sich zu einem Geschichtsfries zusammenfügen und den Augenblick ebenso episch wie kinetisch erscheinen lassen. Reiner Zufall. Oder das Talent des Fotografen, etwas zu erahnen und darauf zu reagieren. Es braucht Kunstfertigkeit, würde Jonah sagen, aber am Ende auch Glück, denn kein Auge ist schneller als das Schicksal. Alles wird eingefangen, Bild für Bild. Jetzt. Wir haben Angst. Jetzt. Wir leiden. Jetzt. Die Verwüstung beginnt jetzt.

Spätere Fotos – auch die sehe ich mir an – zeigen hastig für die Erkrankten hergerichtete Lagerhallen, Hangars, keine Hospize. Die langen Bettenreihen sind unbetreut. Eine Luftaufnahme von einer langen Autoschlange, die sich auf die Notaufnahme eines Krankenhauses zuschiebt. Türen öffnen sich und Menschen kommen heraus, um sich einen Überblick über den Stau zu verschaffen, und neben den Autos – so winzig, dass man sie im Bild fast übersehen könnte – rennt eine Frau, über der Schulter einen Menschen. Sie ist klein wie ein Insekt, stark wie eine Ameise.

Jetzt. Wir sind keine Menschen mehr. Jetzt. Es ist nicht mehr zu leugnen, wir kämpfen um Rettung, ums Überleben.

Die Krankenwagen mit den getönten Scheiben parken dicht an dicht vor dem Klinikeingang, manche einsatzbereit, andere unbemannt und dicht gedrängt wie Stiere oder Soldaten. Auf den Straßen Militärfahrzeuge. Ein einzelner Passant geht an einer bewaffneten Einheit vorbei und sieht nicht einmal hin; die tödliche Allgegenwart der Waffen überrascht niemanden mehr.

Wir verschlossen die Augen, aber unser Verstand erzeugte pausenlos neue Bilder. Grelle Quarantäneträume. Deine handelten von der Angst des Einwanderers, von der Schuld der Trennung, abgespult in den langen Nächten. Deine Angehörigen wurden hingerichtet, einer nach dem anderen. Dein Unbewusstes hatte den lange gefürchteten Bürgerkrieg ausgerufen und dich eingezogen. Deine Mutter war krank, sie litt an inneren Blutungen und ihre Haut glänzte wie Kerzentalg, dein Vater war verschwunden. Man hatte ihn über die Grenze verschleppt und im Wahnwald erschossen. Du hast im Schlaf gemurmelt und die Fäuste vor der Brust geballt, bis das Blut in deine Arme lief. Morgens waren deine Finger taub und es dauerte eine halbe Stunde, bis das Gefühl zurückgekehrt war. Manchmal hast du im Schlaf getickt wie eine Uhr, mit winzigen Zuckungen und stockendem Atem. Ich habe deine Schulter gedrückt und versucht, deine Lage zu verändern, ohne dich zu wecken. Du hast im Halbschlaf geredet und dich beim Aufwachen aus der Sprache herausgekämpft.

*Ne. Sağol, tut mir leid. Ein Bus hat uns abgeholt ...*

Unsere vereinte Körperwärme war ein Treibhaus für Albträume.

In meinen war ich wieder im Wasser. Burntcoat hatte sich vom Ufer gelöst und trieb auf dem Fluss. Manchmal rauschte es auf schwarze Wasserfälle zu, manchmal peitschte es in einem Ozean riesige, reißende Wellen auf.

Ich träumte von einem kleinen Mädchen. Ihr Körper war eine vergangene Version von meinem – knochige Schulterblätter, das Herzklopfen unter der Haut sichtbar und schnell wie das eines Froschs. Ein Augenlid hing. Sie hatte helle, kupferblonde Haare. Anfangs habe ich dir nicht von ihr erzählt, denn ich wollte nicht, dass du es für eine Art Vorschlag hältst. Ihr Erscheinen hatte keinen Grund. Meine Gefühle Kindern gegenüber waren immer schon zwiespältig, aber von diesem Mädchen habe ich so oft geträumt, dass sie mir für ein paar Wochen wie unser Kind vorkam. Ich konnte sie deutlich sehen. Sie saß malend am Tisch, komplett vertieft in den Blattwiderstand. Kleine Milchzähne im wulstigen Zahnfleisch, feine Haare, die sich aus dem Zopfgummi lösen. Das eingeschränkte Spektrum von Gesichtsausdrücken; anscheinend empfinden Kinder alle Launen kategorisch. Sie rannte in Unterhose durch die Zimmer, ihr Körper war schlank und schimmernd, der weiche Bauch beweglich wie ein Blasebalg. Sie hatte keinen Nabel, denn sie war ungeboren.

Irgendwann habe ich dir von ihr erzählt. Du warst begeistert – zu dem Zeitpunkt wusste ich noch nicht, dass Männer aus deinem Land sich bedingungslos über Kinder freuen können. Anders als den englischen Jungen war dir kein Zurückschrecken anerzogen worden.

*Wir sollten ihr einen Namen geben*, hast du gesagt.

*Okay.*

Du hast nachgedacht.

*Wie wäre es mit Hülya?*

*Ein hübscher Name.*

*Hülya bedeutet Traum.*

Morgens hast du dich sogar nach ihr erkundigt.

*Hast du Hülya gesehen? Was hat sie gemacht?*

*Sie war in der Badewanne. Sie hat ganz vorsichtig die Haare aus dem Abfluss gezogen und auf einem Seifenstück drapiert. Sie hat ein Bild damit gemalt.*

Das Mädchen sprach nie. Meine Neugier wurde bohrend. Ich glaubte nicht an Musen, aber ich erwog, sie im Atelier nachzubilden. Mit dem Fabelauftrag kam ich ohnehin nicht voran, weil das Propangas für die Brenner nirgends mehr erhältlich war. Das Mädchen sollte lebensgroß sein – etwas Ähnliches hatte ich nie versucht – und möglicherweise aus Frischholz. Doch sobald ich mich an die Arbeit machte, verdarb die Idee. Ich sah Vogelscheuchen auf einem Acker und spröde Haare aus Stroh. Hässliche, von Matrosen genähte Sackleinenpuppen mit Löchern im Schritt, die unter Deck herumgereicht werden und so saugfähig sind, dass die halbe Mannschaft sich erleichtern kann.

Unter solchen Umständen, unter dem Druck der Liebe und der Katastrophe, bekommt der Verstand einen Knacks und gibt Geheimes und Vertrauliches preis. Mit Psychologie kenne ich mich ein bisschen aus. Einmal wurde ich während der Therapie aufgefordert, Gegenstände auszuwählen und damit die Menschen in meinem Leben, egal ob lebendig oder verstorben, auf einer Karte zu platzieren. Die Symbolik der Objekte und die Anordnung der Personen würden eine Bedeutung haben und mir helfen, meine Gemütslage besser zu verstehen.

*Nicht zu viel nachdenken*, sagte die Therapeutin. *Es muss keine Kunst dabei rauskommen.*

Wahrscheinlich hatte ich sie skeptisch angesehen, mit meinem Terpentinblick, der die Leute angeblich entblättert.

*Wenn ich richtig informiert bin, haben Sie einige Verluste erlitten*, sagte sie. *Aber wir sollten es einfach mal versuchen.*

Laub, Steine, Strandglas. Lego-Figuren, Abzeichen, Nippes. Souvenirs und Trödel, und alles davon weckte Assoziationen. Naomi und ich: zwei mit Schnur zusammengebundene Holzpüppchen. Am Rand des Reliefs eine Vaterfigur aus Plastik ohne Kopf. Ausgewählte, überall verteilte Freundinnen und Kollegen. Du kamst zuletzt dran, als augenförmiger, in Silber gefasster Achat auf einem Spiegel. Ich richtete mich auf, blickte auf die Anordnung hinunter und versuchte, die Frage der Therapeutin nach der Bedeutung der Konstellation und ihrer Zwischenräume zu beantworten.

*Haben Sie ein schlechtes Gewissen?*

*Kann sein.*

*Was macht die Krankheit mit Ihnen?*
*Welche?*
*Wer ist das, Edith?*
*Beide.*

Eine simple Übung, bei der wir unser kleines, unbedeutendes Leben sehen und deuten. Wir geben zu, dass wir es zumindest teilweise selbst kuratiert haben. Alles ist ausnahmslos Kunst, auch die Gedanken, einfach alles. Was wir erschaffen, besteht nicht nur aus unserem Selbst, sondern aus tausend anderen, unterentwickelten oder komplexeren Varianten davon. Ich hatte nur meine Hände und meine Impulse. Ich habe alle möglichen Binaritäten aus mir herausgezerrt und unaufgefordert dort wieder errichtet, wo sie hingehören. Ungeschlachte, für Deutung offene Skulpturen in der Landschaft. Sie sind nicht meine Kinder. Hecky gehört mir nicht. Ich bin für ihre Erschaffung verantwortlich, kann aber nicht beurteilen, was sie ist oder nicht ist. Ein Talisman für Reisende. Ein prähistorisches weibliches Portal. So viele Frauen wurden für abweichendes Verhalten oder für ihre Fähigkeiten bestraft. Sie wurden ins Feuer geworfen und geschwärzt, sie sind mutiert, vom Scheiterhaufen auferstanden und plötzlich immun. Es gibt die Mutter, und wenn sie nicht mehr greifbar ist, bringt sich etwas anderes durch die eigene Fotze hervor, und seine zerstörten Gene sind umso widerstandfähiger. Ich kann nicht behaupten, ich wäre nicht vorbereitet gewesen.

*

An der Kunsthochschule durchliefen wir alle Stationen – Metallwerkstatt, Tischlerei, Dunkelkammer sowie Atelier. Rein theoretisch konnten wir die Räume nutzen, wann immer wir wollten. Nur wenige Frauen interessierten sich für Metallverarbeitung und Laserschneiden, und am Ende des Jahres war nur noch ich übrig. Eine Zeit lang versuchte ich es mit Malerei, die damals in Mode war. Ich konnte ganz gut zeichnen, doch irgendwie zog es mich immer hinter die Leinwand. Eine Weile hortete ich Pergament, das ich beidseitig bemalte und Tiefe vortäuschte, als rage es in den Raum hinein. Meine Kommilitonen runzelten die Stirn und wandten sich ab.

*Auch nicht schlimmer als eure Lederschuhe*, sagte ich.

Naomi hatte *Die Rötung* auf lange Rollen aus handelsüblichem, braunen Backpapier geschrieben und später abtippen lassen. Ich glaube, es passte zu ihrer neuen Ausdrucksweise und entsprach ihrer Sprachverarbeitungsstörung auf einer materiellen Ebene, gleichzeitig schien es ihrem Gespür für Werkstoffe und ihrer Sparsamkeit entgegenzukommen. Die gesamte Prozedur war sehr umständlich. Die Schreibkraft nahm die Rollen widerwillig entgegen. Vielleicht gefiel ihr die Geschichte nicht, oder sie hielt das Ganze für ein Amateurprojekt und damit für reine Geldverschwendung. Wenn wir bei ihr vorbeifuhren, um die neuen Kapitel abzuholen, überreichte sie uns den Stapel und kniff hinter der dicken Gleitsichtbrille die Augen zusammen.

*Das arme Mädchen hat doch sicher einen Namen? Wahrscheinlich habe ich ihn überlesen.*

*Sie hat keinen Namen*, sagte Naomi nicht zum ersten Mal.

*Oh, das ist aber sehr ungewöhnlich. Darf ich fragen, warum die Erwachsenen ihr nicht helfen?*

*Weil es ihre Geschichte ist. Es gibt darin keine Erwachsenen.*

*Du liebe Güte!*

Die Maschinen in den Werkstätten waren alt. Die Räume waren heruntergekommen und stanken nach Schmieröl und Feilstaub. Die Vorlesungen fand ich interessant und halbwegs fortschrittlich, doch mit dem frauenfeindlichen Unterricht und der tradierten Männlichkeit der Gewerke hatten sie wenig zu tun. Unsere eigentlichen Lehrer waren nicht die Dozenten, sondern die Handwerker. Sie hüteten das Wissen.

Von einer Frau wurden keine herausragenden Leistungen erwartet. Einmal hörte ich andere über meine Arbeiten reden; angeblich tat ich das alles nur, um etwas zu beweisen. Doch einige wenige Ausbilder freuten sich über mein aufrichtiges Interesse. Ich hatte Unterricht bei einem Schmied namens Carlo. Selbst die Männer fanden sein Metier antiquiert und irgendwie bäuerlich. Carlo war klein und stämmig, und in seinen zerrissenen Pullovern sah er nicht wie der sprichwörtliche Dorfschmied aus, sondern eher wie ein Schornsteinfeger. Beim Schmieden, sagte er, braucht man mehr Ausdauer als Kraft.

Ich mochte es – die erzwungene Nachgiebigkeit der Elemente im geschmolzenen Zustand, das Gefühl, sich das Ergebnis redlich verdient zu haben. Die Arbeit am Ofen war anstrengend, schweißtreibend und hart, aber immerhin lenkte sie mich ab. Dann musste ich nicht darüber nachdenken, warum ich nicht dazugehörte. Die anderen schlossen sich schon nach kurzer Zeit zu Pärchen zusammen und bezogen gemeinsame Wohnungen, wie um sich in ihrem Elend noch zu unterbieten. Einige meiner Kommilitoninnen wurden schwanger und taten so, als wäre ein Baby bloß ein weiterer Ausdruck ihrer Kreativität. Sie rauchten und tranken, gingen auf Raves und schwänzten den Unterricht. Ich war vier Stunden von Naomi und dem Cottage entfernt und roch nach unschuldiger Kompetenz.

Durch Carlo lernte ich meinen ersten Freund kennen. Ali jobbte in der Kunsthochschule. Früher hatte er selbst dort studiert, jetzt kümmerte er sich um Materialien und Logistik, außerdem handelte er mit Drogen und Eintrittskarten für die örtlichen Konzerte. Er mischte sich unter die Erstsemester, flirtete die Mädchen mit seinem Dackelblick an und beeindruckte die Jungs mit seiner schnoddrigen Art. Er war schön auf eine leicht abstoßende, feminine, fast obszöne Weise: Nussbraune Augen, deren Farbe sich um die riesigen Pupillen wölbte, und glatte, volle Lippen, die er jeden Abend mit Vaseline aus einem gelben Töpfchen pflegte. Seine Haare waren an den Seiten ausrasiert und am Oberkopf zurückgegelt, außerdem trug er selbst im Sommer Schnürstiefel und eine orange-schwarze Jacke der staatlichen Bergbaugesellschaft, vermutlich als Hommage an die vergangene Ära der Arbeiterbewegung. Er, der Studienabbrecher und

Sozialist, war auf dem ganzen Campus bekannt. Er fuhr einen schäbigen weißen Escort, der immer nur zu einem Viertel betankt war. Das Benzinlämpchen blinkte ständig.

Ich willigte ein, mir ebenfalls den Kopf rasieren zu lassen. Ali sagte, dann sähe ich einer bestimmten französischen Schauspielerin ähnlich, die er gut fand, weil sie sexy und zugleich cool war. Sie war vor allem für einen Filmvorspann berühmt, in dem ein Mann seinen Kopf zwischen ihre Beine schiebt. Ich schaute zu, wie meine Locken zu Boden fielen.

*Da ist sie ja! Soll ich noch woanders weitermachen?*

Ali stammte aus dem Süden. Er nannte mich E und machte sich über meine mangelnde Erfahrung lustig. Er schaffte es, mein Selbstvertrauen sanft zu untergraben, sich wie einen Helden darzustellen und sich währenddessen in enttäuschter Verbitterung zu suhlen. Die nur halb gefüllten Skizzenbücher, die halb fertigen Gedichte. Die Anekdoten aus dem Nachtleben, die besser waren als das Erlebte selbst. Er beherrschte ein paar Gitarrenakkorde, hauptsächlich von Protestsongs, und spielte am liebsten mit nacktem Oberkörper. Seine blasse, makellose Haut, die gepiercten Brustwarzen. Ich konnte nicht verstehen, warum er sich für mich interessierte, und genauso wenig verstand ich, dass Eifersucht nach Selbstverletzung strebt.

Viele Heranwachsende experimentieren mit ihrer Identität und machen Phasen selbstschädigenden Verhaltens durch. Bei mir spielte sich das alles im Grenzbereich zwischen Verlust und Erfolg ab. Wir teilten uns Alis Wohnung. Sie war feucht, hatte nur wenige Fenster und befand sich im Erdgeschoss eines Doppelhauses an einer Hauptstraße nahe der Pferderennbahn. Anscheinend hatte es vor mir viele andere Frauen gegeben. Er sagte, er glaube an mich.

Der Sex war nüchtern und erzieherisch, das Vorspiel wurde immer kürzer. Nach dem dezidiert heterosexuellen Geschlechtsverkehr wollte er bestimmte Kleidungsstücke tragen, Feinstrumpfhosen beispielsweise, die im Schritt spannten. Er kam nur schwer zum Höhepunkt und brauchte viel Reibung, was schmerzhaft für mich war. Er bat mich, die Pille zu nehmen, woraufhin ich mich hormonell unausgeglichen und ein bisschen irre fühlte. Wie sich herausstellte, war das mit der Rasur, ursprünglich im Scherz vorgetragen, ernst gemeint. Er mochte unbehaarte Frauen und sagte mir, ich solle stillhalten und ihm vertrauen, während die Haarschneidemaschine brummte.

Ich verbrachte ganze Stunden damit, Situationen zu analysieren und zu erahnen, ob er sich liebevoll oder herzlos verhalten würde. Ich wollte verstehen, warum seine Zärtlichkeit manchmal in Härte umschlug. Warum ich es mir gefallen ließ. Eine meiner Blasenentzündungen stieg bis in die Nieren auf. Ich lag drei Tage mit Fieber im Bett und pinkelte Blut, bevor er mich in die Campusklinik fuhr.

*Du stellst dich ganz schön an, E. So was hat doch jeder mal.*

Zu leiden sei universell, erklärte Ali. Allein das Leid halte die Menschen auf dem Teppich. Er hatte eine Vorliebe für

Blake, Courbet und de Sade. Ich wusste, er war auf dem Holzweg. Ich hatte meine Mutter aus den Ruinen herauskrabbeln sehen, ich hatte miterlebt, wie sie sich auf Physiotherapeuten stützte, beim Pinkeln den Urin anhielt, Übungen für den Kiefer und die Zunge machte. Doch ich hörte mir geduldig seine Theorien an und blieb auf Kurs. Carlo sprach dezente, an mich gerichtete Mahnungen aus, wann immer ich still und bekümmert wirkte oder zu früh zum Unterricht erschien.

*Du musst wissen, wo deine Grenzen sind, mehr sage ich nicht. Das Material weiß, was zu tun ist. Ich sehe hier jede Menge Blender, aber ein Lebensstil allein begründet noch keinen Ruhm.*

Für Studierende, die während der Abschlussausstellung Werke verkauften, hatte Ali nur Häme übrig.

*Sieh dir das Preisschild an diesem beschissenen Kitsch an.*

Im Beisein von anderen gab er sich stolz und bescheiden.

*E ist ein Genie, sie schuftet wie ein Hafenarbeiter und hat doppelt so viel Talent wie ich damals.*

Zu mir sagte er: *Wenn du etwas noch Größeres versuchst, werden alle dich für hysterisch halten.*

Obwohl sie praktisch gefühllos war, hasste Naomi Ali. Ich nahm die Anzeichen wahr, den Zusammenbruch ihres eingeübten Verhaltens, die Redewendungen, die sie sonst niemals verwendete. Ali verachtete seine Familie und begleitete mich oft, wenn ich Naomi besuchte, obwohl er jedes Mal über die schmalen, unbefestigten Straße jammerte und das Cottage unser *Haus am Arsch der Welt* nannte.

Er interessierte sich für Naomi, ihre Außergewöhnlichkeit, ihre Denkweise und die Tatsache, dass sie eine Autorin gewesen war. Ihr Gefallenenstatus sprach ihn auf gleich mehreren Ebenen an. Er behandelte sie, als wären sie einander ebenbürtig, was sie nervös und fahrig machte. Seine halb nackten Auftritte in der kleinen Küche, bei denen die Silberringe an seinen leicht erigierten Nippeln funkelten, seine Aschenbecher, seine lässige Breitbeinigkeit, sein Alphamännchenverhalten. Seit meinem Vater hatte sie nie wieder einen Mann im Haus gehabt, nicht einmal nach meinem Auszug.

Wir schrieben uns jede Woche, was Ali lächerlich fand.

*Was hat sie schon zu erzählen? Sieht nichts als die blöden Eichhörnchen. Sie besitzt ja nicht mal einen Fernseher.*

*Sie verträgt das Licht nicht.*

*Ja, klar.*

Naomi unterrichtete immer noch und lebte sehr bescheiden. Er stellte ihr Literaturfragen, wie um sie auf die Probe zu stellen. Abends setzte er sich an den Kamin, las die alten Ausgaben ihrer Romane und wollte dann wissen, warum eine Figur dieses oder jenes gesagt habe.

*Das weiß ich nicht mehr, Alistair. Das Buch wurde vor langer Zeit geschrieben.*

Sie fragte ihn nie nach seinen Leistungen oder nach dem, was er sich noch erhoffte; dass sie ihn für einen hoffnungslosen Versager hielt, war offensichtlich.

*Warum summt sie ständig vor sich hin?*

*Dann kann sie sich besser konzentrieren.*

*Warum wohnt sie im Nirgendwo?*

*Weil sie sich dort sicher fühlt.*

*Sicher?*

Wenn er mich wirklich verletzen wollte, fragte er:

*Hast du dir schon mal überlegt, deinen Vater zu besuchen?*

Ich beging einen Fehler und erzählte Ali, was ihr zugestoßen war. Ich erzählte die komplette Geschichte. Ja, sie war kauzig. Wenn sie angesprochen wurde, erstarrte ihr Gesicht manchmal vor Schreck, außerdem hatte sie kleine Tics. Sie trug tagelang dieselbe Kleidung und darüber einen riesigen, abgewetzten Hausmantel aus Samt. Manchmal steckte sie eine der Wachteln in die große Außentasche, um sie zu wärmen. Sie ging barfuß aus dem Haus, ihre Fersen waren rissig und die Zehen krumm und gerötet. Ali legte es ständig darauf an, sie zu reizen und in die Irre zu führen.

*Heute ist Dienstag, oder, Naomi? Ganz kurz dachte ich, ich wäre verrückt geworden.*

*Heute ist Mittwoch, Alistair. Dienstags stellen wir die Mülltonnen an den Milchstand.*

*Mittwoch, richtig. Mittwoch. Danke.*

Wann immer Ali meinen Spitznamen verwendete, schob Naomi meinen vollen Namen hinterher.

*Edith, würdest du mir bitte die Butter reichen?*

Wir lagen in meinem alten Kinderzimmer und waren nur durch eine dünne Wand von Naomis Kopf getrennt. Ich weiß nicht, warum ich ihn dort gewähren ließ. Jahrelang hatten wir uns geschützt, sie und ich, aber jetzt hatte ich ihn eingelassen.

Eines Morgens waren wir allein in der Küche und sie sprach mich darauf an.

*Warum isst er die Dunkelheit, Edith?*

*Wie bitte? Wie meinst du das?*

Es kam immer noch zu Versprechern, aber in dem Fall hatte Naomi den Nagel auf den Kopf getroffen.

*Er isst die Dunkelheit. Ja. Genau. Er isst sie, und dann scheißt er sie den anderen auf den Kopf. Macht es dir Freude?*

Sie sah mich auf ihre typisch arglose, offene Art an. Ich wich ihrem Blick aus.

*Ich weiß nicht, was du meinst. Ich glaube, du wirfst da was durcheinander.*

Sie deckte den Tisch mit zwei Schalen und zwei Löffeln ein. Die dritte Garnitur vergaß sie jedes Mal, und ich sagte mir: Es ist nur die Gewohnheit. Reine Gewohnheit. Ich ging zum Schrank, nahm Schale und Löffel heraus und wartete auf den üblichen Satz: *Danke, ich kann stehen.* Stattdessen kippte sie Alis leeren Stuhl langsam nach hinten, bis er mit einem lauten Klappern auf den Steinboden schlug.

*Okay, Edith. Warum malst du mir nicht ein Bild, das mir verrät, was ich für Ali fühlen sollte.*

Ich war sprachlos. Dieser Tonfall, dieser Sarkasmus – ich hatte gar nicht gewusst, dass sie zu so etwas fähig war. Nur selten schien etwas zu ihr durchzudringen. Ich ärgerte mich, und ich war beschämt und nicht bereit zuzugeben, dass ich ein paar schlechte Entscheidungen getroffen hatte. *Jetzt* benimmt sie sich wie meine Mutter?, dachte ich. Jetzt, wo ich selbstständig geworden bin und sie nicht mehr brauche?

Ali und ich fuhren einen Tag früher ab als geplant. Die Luft war stinkend und dick vor Feindseligkeit, und Naomi sah mich so eindringlich an, als warte sie immer noch auf eine Antwort auf ihre Frage. Auf der Rückfahrt konnte Ali nicht anders, als immer wieder den Kopf zu schütteln und durch die Nase zu schnauben.

*Beschissener Blödsinn. Ihr zwei solltet endlich mal erwachsen werden.*

Danach ging es mit der Beziehung schnell bergab. Manchmal kam Ali nach dem Feiern nicht nach Hause. Er redete in einem Ton mit mir, von dem ich wusste, dass er eine Grenze überschritt.

*Du führst dich auf wie eine paranoide Fotze. Ich brauche meinen Freiraum!*

Ich war starr vor Angst. In manchen Nächten war ich überzeugt, dass Naomi gestorben war und ich am Morgen einen Anruf erhalten würde. Ich lag wie gelähmt neben Ali im Bett und weinte lautlos. Ich setzte die Pille ab und mein Zyklus spielte verrückt. Ich schrieb meiner Mutter keine Briefe mehr. Was ich mit Carlos Hilfe in der Schmiede produzierte, war ebenso verstörend wie spannend und reizte den Rahmen des Möglichen maximal aus. Und während ich langsam zerbrach, fingen meine Dozenten an, mich für meine Ideen zu loben und meine Arbeit ernst zu nehmen.

Eines Tages kam ich früher von der Uni nach Hause und merkte, dass die Wohnungstür von innen abgeschlossen war. Ich klopfte an, nichts passierte. Ich klopfte noch einmal und rief Ali zu, er solle mich hereinlassen. Ich meinte, einen dumpfen Schlag zu hören, wie wenn ein Fensterflügel aufgestemmt oder etwas Schweres auf einen Tisch gestellt wird. Die Tür blieb zu. Ich hämmerte dagegen. Ein kaltes Gefühl breitete sich in mir aus. Ich wusste, er war nicht allein. Ein Mädchen von der Kunsthochschule – der Gedanke war unerklärlich, aber plötzlich war ich mir sicher. Sie hieß Helena. Ich kannte sie kaum, aber sie hatte mich oft angelächelt und gefragt, wie es mir gehe, einmal hatte sie mir sogar Komplimente für meine Mappe gemacht. Sie hatte kleine Brüste, kurze Haare und auf der Schulter die eintätowierte Air-Force-Dienstnummer ihres Vaters. Exakt das, worauf Ali abfuhr. Ich hämmerte weiter, bis meine Faust taub wurde. Dann stand ich nur da und wartete und stellte mir vor, wie die beiden hinter der Tür weitermachten und seine Finger ihre kleinen Brüste umschlossen.

Später fand ich ihn in einem Pub in der Stadt, keine Studentenkneipe, sondern ein Stammlokal für ältere Männer, ein Versteck. Es war November, ich war durchweicht und bis in die Knochen durchgefroren. Ich hatte ihn stundenlang gesucht und überall nach ihm herumgefragt. Am Ende hatte Carlo mir einen Tipp gegeben. Ali sagte, ich wäre ja verrückt. Ich schubste ihn vor den Augen der anderen Gäste gegen den Tresen. Ich folgte ihm auf die Straße und schrie, er sei ein Lügner. Er stieß mich zu Boden, wurde verhaftet und verbrachte die Nacht in einer Zelle. Danach lief er direkt zu Helena. Unvorstellbar, dass es mit uns irgendwie weitergehen, dass ich mir die Nadel abermals in den Arm schieben würde.

Am darauffolgenden Tag bekam ich Unterleibskrämpfe, und aus dem wässrig braunen Ausfluss der vergangenen Wochen wurde ein jäher, leuchtend roter Blutschwall. Ich schleppte mich ins Gesundheitszentrum, kotzte auf den Boden und kollabierte. Ein Rettungswagen wurde gerufen. Ich hatte eine Eileiterschwangerschaft, der Eileiter war geplatzt. Als ich wieder zu mir kam, hatte man mir einen Katheter gelegt und Morphium verabreicht. Der hastig verschlossene Schnitt nässte in den Verband. Der irreparabel geschädigte Eileiter war entfernt worden.

Ali saß neben meinem Bett. Sein Gesichtsausdruck war zum Erbarmen, sein Kummer theatralisch. Er sagte, er wolle sich um mich kümmern, alles wiedergutmachen, mich Weihnachten nach Hause begleiten. Er bemühte sich, die eisige Stimmung zu tauen, und redete davon, eine Verlobung öffentlich zu machen, über die wir nie gesprochen hatten. Ich stellte mich tot, nickte, spielte die Schlafende. Ich ließ die Finger vom Narkoseknopf, damit der Schmerz noch zunahm. Als die Schwester den Drainageschlauch entfernte, fing ich an zu schreien und musste festgehalten werden.

Nach meiner Entlassung verbrachte ich eine Woche in der Wohnung. Ich humpelte zur Toilette, döste vor mich hin und versuchte, klar zu denken. Man hatte mir Beruhigungstabletten mitgegeben, aber die Schachtel war ungeöffnet. Ali versorgte mich und verschwand wieder; ich war überzeugt, dass er sie immer noch fickte, und ich wusste, nun war es genug. Sobald ich dazu in der Lage war, packte ich meine Kleider ein und schob die Tasche unter das Bett. Ich fuhr mit dem Bus zur Kunsthochschule und sagte Carlo, ich wolle mein Studium abbrechen. Er nötigte mich, Platz zu nehmen.

*Nein, das wirst du verdammt noch mal nicht tun. Gönn dir einen langen Urlaub. Besauf dich mit deinen Freundinnen. Ich werde alles mit dem Fachbereich klären – du bekommst eine Auszeichnung, als Einzige.*

Während die Nerven zusammenwuchsen, schmerzte und brannte die Wunde. Ich schrieb Naomi und teilte ihr mit, wo sie wann zu sein hatte. Beim Gang zum Briefkasten hatte ich das Gefühl, nie in meinem Leben etwas Wichtigeres getan zu haben. Zwei Tage später wartete ich, bis Ali zur Arbeit ging, dann nahm ich ein Taxi zum Bahnhof, stieg in den Zug und duckte mich auf einen Platz im letzten Waggon. Richtig zu atmen wagte ich erst wieder, als der Zug sich ruckelnd in Bewegung setzte und über Brücken und an Mietskasernen vorbei fuhr. Ein paar Plätze weiter saß eine Frau, die mich lächelnd ansah und fragte: *Schlimme Periode, meine Liebe? Möchten Sie eine Aspirin?*

Ich sah immer wieder in den Gang und hielt nach der orange-schwarzen Jacke Ausschau. Ich versuchte zu schlafen. Wenn ein Zug auf dem Gegengleis vorbeidonnerte, ließ das Explosionsgeräusch mich hochschrecken. Am Tageshimmel hing ein verlorener Wintermond.

Naomi erwartete mich am Bahnhof. Ich trug meine Tasche über den Bahnsteig, als wäre ich unversehrt und intakt. Schweigend folgte ich ihr durch den Supermarkt und wollte die Hand nach ihrem Rock ausstrecken. Sie fragte mich, was ich an den Weihnachtstagen essen wolle, ob wir überhaupt feiern sollten. Keine von uns mochte das Fest.

*Suppe wäre schön.*

*Also dann, Suppe. Ich muss noch zur Bank*, sagte sie. *Ich werde dir einfach Geld schenken.*

Im Auto sah ich starr geradeaus, biss mir auf die Lippe und erzählte ihr, was passiert war. Oben auf den Hügeln lag Schnee, der die Gipfel höher und bedeutender aussehen ließ. Der Himmel über dem Horizont war von einem tiefen Aquamarin, das nach Norden hin verblasste.

*Genau*, sagte sie. *Ja, es war ein Baby.*

*Ich wusste nichts davon.*

Ich war dankbar, dass es keine Tränen gab. Ich war einundzwanzig Jahre alt. Ich war ohne Kindheit ausgekommen. Dafür wäre es jetzt ohnehin zu spät gewesen.

Als ich sagte, ich hätte Angst, fuhr sie, statt anzuhalten und mich zu umarmen, einfach weiter.

*Er wird nicht herkommen*, sagte sie. *Er ist ein Feigling, und du hast ihn besiegt.*

Aber die Luft fühlte sich geborsten an, und ich konnte meine Furcht nicht abschütteln.

*Es ist noch nicht vorbei. Ich werde nicht mit ihm fertig.*

*Nimm die Tabletten*, sagte Naomi. *Tu, was die Ärzte sagen, Edith.*

Wenn im Cottage das Telefon klingelte, zuckte ich zusammen und hielt die Luft an, bis ich hörte, dass sie mit jemand anderem sprach. Ich wusste, dass sie unrecht hatte. Im Theater der Frauen war Ali war kein unbedeutender Nebendarsteller. Es würde zum Showdown kommen.

*

Am verstörendsten fand ich das Dröhnen des Rettungshubschraubers, der immer wieder über dem Westen der Stadt kreiste. Spätes Frühjahr, und am Himmel drängten sich die Notfälle. Wir hörten Gerüchte über Krankenwagen, die nicht kamen, und über Kliniken mit Aufnahmestopp. Es gibt einen Kipppunkt, ab dem der Katastrophe mit zivilen Mitteln nicht mehr beizukommen ist. Flughafenschließungen, Nahrungsmittelknappheit, Warteschlangen wie in einem Krieg. Die ernste Angelegenheit des häuslichen Sterbens hinter geschlossenen Gardinen, auf einem Möbelhausbett, in einem Schlafzimmer mit rosa Tapete.

In den ärmeren Stadtbezirken, entlang der Linien von ethnischer Zugehörigkeit und Armut, verbreitete sich das Virus rasend schnell und legte die Systemfehler des Landes und seine morschen Strukturen offen. Es kam zu ersten Verzweiflungstaten und Einbrüchen – Schlägereien bei den örtlichen Tafeln, geplünderte Geschäfte, Vandalismus in Rathäusern. Straftaten wurden gemeldet, aber die Polizei kam nicht. Ganze Leben fielen hintenüber; Geringverdienerinnen, deren Gehalt die Regierung nicht mehr aufstocken wollte, Pflegekräfte, die ohne Schutzausrüstung zur Arbeit mussten. Die Stimmung war aufgeheizt.

Die Leute missachteten die Vorschriften und demonstrierten. Die Protestmärsche wurden aufgelöst, es gab Geldbußen und Verhaftungen. Was die Leute nicht davon abhielt, sich weiter zu versammeln.

Nun beginne die gefährlichste Phase, sagte die Premierministerin. Im Fernsehen wirkte sie hager und ergraut; binnen Wochen hatte eine private Stylistin ihr Haar weiß werden lassen. Es setzte uns zu und infiltrierte den Geist ebenso wie den Körper. Nun kam es auf Zusammenarbeit an, deshalb waren die Nachtstunden ab sofort dem Rettungspersonal und den systemrelevanten Berufen vorbehalten. Zukünftig würde man nachweisen müssen, warum man das Haus verlassen hatte; man würde seine Sozialversicherungsnummer angeben und eine Genehmigung vorlegen müssen. Militäreinheiten würden verlegt werden, um die Lage zu beruhigen. Du, der Realist, hattest es vorausgesehen.

*Erst wurden wir behandelt wie verwöhnte Kinder, und jetzt werden wir bestraft.*

Meine frühere Selbstgefälligkeit und Renitenz erschienen mir plötzlich lächerlich. Wegen der teuren Geräte im Erdgeschoss waren die Außentüren von Burntcoat gut gesichert. Nie zuvor hatte ich mir Gedanken über die einzelnen Fenster, das Haupttor, die Bewegungsmelder im Hof gemacht. Über den Schatten einer Katze, die über die Mauer spaziert.

Wir verließen kaum noch das Haus. Hin und wieder warst du im Restaurant, oder ich ging Brot kaufen. Die erste Nacht der Ausgangssperre war von einer klaren Schönheit. Es hatte geregnet, die Luft roch mineralisch, der Fluss schob sich träge dahin. Wir ließen das Kanu ins Wasser. Du hast dich hinter mich gesetzt, und wir, zwei harmlose Gesetzesbrecher, ließen uns flussabwärts treiben, unter den Ästen der Weiden hindurch und in die kalten Brückentunnel. Alle Boote waren festgemacht, an den Dichtungen zeigte sich erster Schimmel. Manchmal tauchten wir kurz im Licht einer Straßenlaterne auf und verschwanden dann wieder in der Dunkelheit. Von einem Steg glitt etwas Kleines, Schnelles ins tintenschwarze Wasser. Auf einem gegenüberliegenden Industriegelände brannte ein Auto, die Flammen spiegelten sich auf dem Fluss. Wir sahen bewegliche Silhouetten, blieben auf Abstand und zogen lautlos vorbei. Das schlüpfrige Kanu mit dem starken Auftrieb reagierte auf die leichteste Geste. Du hast das Paddel an Bord geholt, eine Hand in meinen Nacken gelegt, die Finger in mein Haar geschoben und mich sanft nach hinten an deine Brust gezogen. Ich konnte deine Gedanken hören.

*Wir stehen das gemeinsam durch.*

Erinnerst du dich? Ist das überhaupt möglich? Der dunkle, brennende Fluss. Die wechselnden Gezeiten, in deren festem Griff alles sich löst. Nichts davon ist wirklich passiert, und alles davon war unvermeidlich. Als wir wieder zu Hause waren, verschlossen wir die Tür und versprachen einander, alles würde wieder gut. Wir hatten nur die Liebe; als Währung war sie nutzlos, aber beim Verleugnen eine Macht.

Ich erinnere mich. Moschus an deinem Körper. In meinem Mund der Benzingeschmack des brennenden Autos. Du hast meinen nackten Oberkörper mit dem Auge eines Scharfschützen betrachtet, deine Erektion war nicht zu übersehen. Die Wand in meinem Rücken wurde zu deinem Komplizen. Das Fleisch deiner Schenkel spannte meins auf, die Stöße waren konzentriert, eine Kraftprobe. Ein letztes zufriedenes Röhren und du sankst zu Boden, als könntest du dich nur während der Paarung auf den Hinterbeinen halten. Die Wand gab mich wieder frei. Ich trat einen Schritt vor, legte dir eine Hand auf den Kopf und ließ los, was du in mich hineingespritzt hattest.

*

Keine Generation ist auf die Krisen gefasst, die sie ereilen, auf das Loch, das in ihrer Mitte aufreißt und alles verschluckt. Verrückte und Magnetiseure, Gottesboten, einsam mahnende Wissenschaftler: Die Propheten werden ignoriert, ausgegrenzt und lächerlich gemacht, bis sie recht bekommen. Niemand merkte etwas von den Kabinettssitzungen, den hastig verfassten Protokollen und den Streitgesprächen. Niemand wusste, was nicht publik wurde – die echten Zahlen, die Verluste, die Kosten. Das Parlament wurde beurlaubt, die Kameras im Plenarsaal abgeschaltet. Die Nation war damit beschäftigt zu zerbrechen, ihre Kranken zu versorgen, Inventur in der Vorratskammer zu machen und der Freiheit nachzutrauern. Es erreichte Gemeinde um Gemeinde, Städte im Norden und im Süden, selbst die abgelegensten Dörfer blieben nicht verschont.

Ich sage es noch einmal: Es war – es ist – perfekt. Perfekt zusammengesetzt, sternenförmig. Es hat den Moment für das größtmögliche Chaos abgewartet, für die Übertragung über Grenzen hinweg, um sich immer weiter auszubreiten und Galaxien seiner selbst zu erschaffen. Dieselbe fehlerfreie Vorgehensweise in jedem einzelnen Opfer – die geduldige Inkubation, die methodische Route durch den Körper, die sorgfältige Zerlegung der Schutzschilde. Der Aufstieg wie aus der Hölle, der Ausbruch inmitten des Wirts. Das lebensbedrohliche Fieber ist so zerstörerisch, dass manche Körper sich selbst töten. Das Virus stirbt mit dem Wirt oder überlebt, zieht sich tief in die Zellen zurück und fällt in einen langen Schlaf.

Krankenstationen wurden mit Desinfektionsschleusen gesichert, trotzdem tauchten immer wieder neue Videos von delirierenden, sich verflüssigenden Patienten auf, von letzten Worten und durch die Plastikplane gehaltenen Händen. Zusätzliche Leichenhallen wurden errichtet und waren sofort überfüllt. Zwanzigtausend, fünfzigtausend, zweihunderttausend, eine halbe Million. Es gab keine Beerdigungen mehr, die Leichen wurden verbrannt. Die Krematorien und

Krankenhausöfen liefen rund um die Uhr. Die von der Regierung ausgegebenen Urnen standen in Reih und Glied und warteten darauf, freigegeben und von der Familie abgeholt zu werden. Weißer Kunststoff von unscheinbarem Äußeren und unbedeutendem Inhalt.

Für diesen Tod gab es kein Handbuch und keine Palliativversorgung. Die Menschen starben allein, auf Fluren und in Wartebereichen. Sie starben zu Hause im Bett, und die Kinder nebenan waren auch schon infiziert. Dieser Tod raffte ganze Familien dahin. Wie ein böser Geist aus einem Märchen drang er durch Fenster und Schlüssellöcher ein und nahm Gestalt an, sobald sein Name ausgesprochen wurde. Er versteckte sich in Tröpfchen, unter der mürben Haut, im Atem. Er war im Wasser, auf dem Tresen, in Briefen, eine Dreingabe mit jedem Kuss.

Bald kannte jeder einen infizierten Menschen. Kendra schrieb mir eine Nachricht:

*Nova hier. Nick unglaublich krank. Pass auf dich auf.*

Ich schlief in deinen Armen, schwitzte, wälzte mich. Der Sommer kam früh, die Tage wurden heiß und klar. Der Hartriegel am Flussufer öffnete die Blütenblätter, auf dem Treidelpfad wucherten die Gräser. Wir wurden immer öfter mitten in der Nacht wach, aufgeschreckt durch die Überzeugung, einer von uns könnte krank sein. Oder durch das plötzliche Sirenengeheul draußen auf der Straße. Wir hatten uns versteckt, aber es wurde zunehmend schwierig, unsere

Welt nach außen abzudichten. Wenn ich vormittags arbeitete, konnte ich mich kaum konzentrieren. Ein Knochen in einem Hals hatte anscheinend keine Bedeutung mehr. Beim Betrachten der Skulptur ahnte ich, dass etwas darin eingeschlossen war, eine Botschaft, die ich noch nicht entschlüsselt hatte. Für Shun waren die Materialien und die Gegenwart unbestimmt gewesen, eine zukünftige Erinnerung des Holzes. Immer wieder dachte ich: Die Zeit fühlt sich falsch an, alles führt ins Scheitern. Was fehlt?

Wir merkten, dass wir gut zusammenleben, uns in gewisser Weise sogar entfalten konnten. Im Restaurant lagerten immer noch viele Lebensmittel, außerdem hatte ich in der Wohnung einen beträchtlichen Vorrat angelegt – eine alte Gewohnheit aus meiner Kindheit. Naomis wöchentliche Einkäufe waren ein heiliges Ritual gewesen. Samstags räumte sie den Kofferraum aus, und im Supermarkt verbrachte sie mindestens eine Stunde damit, den Einkaufswagen zu füllen, Preise zu überschlagen und mich zur Schütte mit den abgelaufenen Produkten zu schicken, was ich so schnell wie möglich erledigte. Im Garten des Cottage wuchsen Kartoffeln, Lauch und Radieschen. Die Äpfel waren klein und sauer, ließen sich mit ausreichend Zucker aber zu Kuchen verarbeiten. Wir planten alle unsere Mahlzeiten. Auch du konntest Maß halten; die ersten Jahre nach der Einbürgerung waren hart. Deine Mutter hatte eine Großfamilie zu ernähren, deswegen bügelte sie Hemden, nahm Wäsche an und arbeitete in der Fabrik.

*Halit versteht »yok«, hat mein Vater immer gesagt. »Gibt's nicht.«*

So etwas wird einem Menschen früh eingetrichtert, ähnlich wie die Religion. Nur wenige Monate zuvor hatte ich gesehen, wie du im Restaurant einen ganzen Lachs filetierst; du hast die silbrige Außenhülle in dünnen Oblaten abgehoben und die verbliebenen Schuppen mit der Messerspitze aufgelesen wie verstreute Pailletten. Dieses Geräusch der Klinge zwischen den Gräten. Ich fragte mich, wie unser künftiges Leben in Freiheit wohl aussehen würde. Was für eine Art von Paar würden wir sein? Zusammengeschweißt, dachte ich. Stark.

Auf dem Markt gab es nur noch wenige Händler; wer die Öffnungszeiten überschritt, riskierte eine Anzeige. Statt Blumen hatte Rostam nun Trockenfrüchte im Angebot: Feigen, Datteln, Obstkonserven. In einer schmalen Gasse abseits des Marktes gab es eine kleine Bäckerei. Sie öffnete jeden Morgen, verkaufte die Produktion der Nacht in kürzester Zeit und ließ dann schnell die Rollläden herunter. Normalerweise ging ich in aller Frühe hin, wenn du noch im Bett warst. Ich kaufte ein Brot, klemmte mir den warmen Laib unter den Arm und lief nach Hause. In der Stadt hatte ich mir eine neue Gangart angewöhnt, flink und geduckt.

Als sich herumsprach, dass die Bäckerei weiterhin geöffnet war, kamen immer mehr Leute. Eines Morgens ging ich hin und glaubte, wie immer die Erste zu sein, aber da zog sich die Schlange schon durch die halbe Gasse. Ich stellte mich an. Die Ladentür war noch geschlossen, doch der Ofen verströmte einen Geruch nach Hefe und Teig. Die Menschen warteten schweigend und mit Abstand, hoben gelegentlich den Kopf, um einander zu mustern, schwankten und traten auf der Stelle wie nervöses Vieh. Die Augenpartien über den Masken und Schals waren angestrengt, die Blicke ausweichend. Ich schrieb dir eine Nachricht: *Bleib im Bett, alles okay, bin gleich zurück.*

Ein paar Minuten später näherte sich ein Mann. Er war groß und wie ein Universitätsprofessor gekleidet, mit Sportsakko, großer, weicher Mütze und runden, dick gerahmten Brillengläsern. Abgesehen von den grauen Bartstoppeln war sein Gesicht unbedeckt. Er ging direkt zur Ladentür, drehte sich fluchend um, betrachtete die Warteschlange und sprach dann die Erste in der Reihe an:

*Meiner Frau geht es nicht gut, ich muss schnell wieder nach Hause.*

Die Frau schüttelte den Kopf und wich zurück. Der Mann schnalzte missbilligend mit der Zunge und wandte sich an den Kunden dahinter, der ihm sagte, er solle warten wie alle anderen auch.

*Jeder hier hat eine traurige Geschichte, Mann.*

Der Professor machte auf dem Absatz kehrt und ging an den Wartenden entlang. An mir kam er aggressiv dicht vorbei. Er zählte im Flüsterton, als wäre jede Person in der Schlange eine persönliche Beleidigung. Nach einer Weile sah ich mich um. Er stand auf halber Höhe der Gasse und überragte die Menge.

Die Rollläden hoben sich unter lautem Klappern, die Tür wurde geöffnet. Die Verkäuferin kassierte die Kunden zunächst ab, dann verschwand sie im Laden, packte das Brot ein und brachte es an die Tür. Ein Laib pro Person. Die Schlange schob sich vorwärts und hielt wieder an. Ich hörte den Mann laut ins Handy reden.

*Sei nicht albern, ich habe Nein gesagt. Nein!*

Dann rief er:

*Wie lange dauert das noch?*

In der Gasse war es fast dunkel, die Sonne stand noch nicht hoch genug am Himmel, um hineinzuscheinen. Die Luft knisterte vor negativer Energie.

*Und wir lassen uns das einfach bieten, oder was?*

Die Leute drehten halb den Kopf und schauten dann wieder nach vorn. Niemand sagte etwas.

Ich hörte, wie der Mann sich abermals in Bewegung setzte. Seine Sohlen schlurften über das Pflaster, sein Ellenbogen stieß gegen meinen Arm. Anscheinend wollte er gehen, aber dann blieb er noch einmal stehen. An der Spitze der Warteschlange stand inzwischen eine junge, asiatisch aussehende Frau. Sie hatte bereits bezahlt und wartete auf ihre Bestellung.

*Jeen*, sagte er. *Bist du das? Ich habe dich gar nicht erkannt.*

Sie nickte, antwortete leise und sah zu Boden. Er versuchte, mit ihr zu reden, vielleicht war sie eine ehemalige Studentin. Sie war sichtlich verlegen und wich immer weiter zurück. Die Wochen der Isolation forderten ihren Tribut, die Menschen waren reizbar und ängstlich, die gesellschaftlichen Normen verblasst. Die Verkäuferin erschien mit einer Tüte in der Tür.

*Hör mal*, sagte der Mann, *ich gebe dir zwanzig Pfund.*

Die junge Frau nahm das Brot entgegen.

*Nein, das geht nicht.*

*Nun komm schon*, bedrängte er sie, *du kannst dich noch mal anstellen. Du hast doch ohnehin nichts Besseres zu tun.*

Sie wollte sich abwenden, aber er streckte einen Arm aus und versperrte ihr in der schmalen Gasse den Weg. Er zog Geld aus der Tasche.

*Also gut, dann eben vierzig.*

Sie schüttelte den Kopf.

*Ich kann das nicht annehmen.*

Geldscheine voller Schmutz und Keime.

*Lassen Sie sie einfach in Ruhe*, rief jemand. Der Kopf des Mannes ruckte herum.

*Ach, halt die Klappe, wir kennen uns*, schimpfte er. *Wir sind befreundet. Wir alle sagen Nein, nicht wahr? Nein, nein, nein. Und ihr Land sagt: Nein, wir haben dieses verdammte Virus nicht in die Welt gesetzt!*

Die junge Frau zuckte zusammen und versuchte, um ihn herumzugehen, aber er packte ihre Schulter. Er zog ihre Manteltasche auf und stopfte das Geld hinein.

*Nicht*, sagte die Frau und schreckte vor seiner Hand zurück. *Bitte, fassen Sie mich nicht an.*

Die Schlange löste sich auf. Eine Frau wandte sich ab und ging davon, die Bäckereitür wurde geschlossen. Ich spürte, etwas war im Anmarsch. Mein Herz klopfte, ich fühlte ein kaltes Tröpfeln in den Organen. Ich trat ein paar Schritte vor, blieb wieder stehen.

*Gib es mir einfach, Jeen. Ich habe dafür bezahlt.*

Der Mann griff nach dem Brot und verfehlte es. Die junge Frau beugte sich schützend darüber. Er gab nicht auf, es kam zu einem erbärmlichen Handgemenge.

*Stopp!*, rief sie mit plötzlich lauter Stimme. *Aufhören, bitte!*

Er war nicht direkt grob, doch er hielt sie am Mantelkragen fest wie ein strenger Vater ein unartiges Kind. Die Leute scharten sich um die beiden, redeten beruhigend auf den Mann ein und machten sich bereit, im Notfall einzugreifen. Ich stand unmittelbar daneben und dachte nicht nach. Ich schoss vor und stieß ihn kraftvoll gegen die Brust. Er taumelte zurück und ließ den Mantel der Frau los. Seither habe ich mich oft gefragt, was ich hätte sagen können, hätte sagen sollen, aber damals sagte ich nichts. Das Gesicht des Mannes war verzerrt; in dieser hässlichen neuen Welt konnte er sich gehen lassen. Ich schlug zu. Meine Faust traf ihn mit voller Wucht, aber das Handgelenk dahinter war nicht stabil genug. Sein Gesicht war weich wie Knete, ich spürte eine stumpfe Zahnreihe und ein Klicken in meiner Hand. Sein Kopf wirkte unbeweglich, aber als er zurückwankte, fiel sein Hut herunter. Er stieß einen Laut aus, entweder vor Ungläubigkeit oder weil er den Schmerz akzeptierte. Bis das Blut sich zeigte, verging ein Moment. An seinem Mund klaffte eine tiefe Platzwunde, und als er die Oberlippe hochzog wie ein flehmendes Pferd, sammelte sich das Rot am Zahnfleisch und lief zwischen die Zähne. Er beugte sich vor und spuckte aus.

In der Gasse wurde es still, alle machten sich auf das gefasst, was als Nächstes passieren würde. Die junge Frau sah kurz zu mir herüber und nutzte die Gelegenheit, um zu verschwinden. Der Schmerz kroch durch meinen Unterarm. Ich löste die Faust, und ein heißer Stich schoss an der Sehne empor. Der Mann blickte zu mir auf, anscheinend spielte er verschiedene Szenarien durch.

*Mischdügg*, brachte er schließlich heraus.

Ich fühlte mich benommen und zugleich entfesselt, ich spürte, wie mein Körper abermals nach vorn schoss und erst aufhörte, als er schlaff auf dem Pflaster lag. Aus seinem Mund rann blutiger Speichel. Er spuckte wieder aus. Ich riss mich zusammen, verließ die Gasse und ging immer weiter.

Ich eilte nach Hause und drückte mir im Gehen den Arm an die Brust. Ich betrat Burntcoat durch die Ateliertür und setzte mich auf die Bank. Nach dem Adrenalinstoß fühlte ich mich erschöpft und matt. Das Geräusch in meinem Kopf erinnerte an Meeresrauschen. Wahrscheinlich hattest du mich gehört, denn nach ein paar Minuten kamst du die Treppe herunter.

*Edith?*

Ich konnte nicht sprechen. Du hast mich verwundert angesehen.

*Soll ich wieder nach oben gehen? Soll ich mich ins Bett legen?*

Dein Kopf war geneigt, dein Lächeln unsicher.

*Ich habe mich an der Hand verletzt*, erklärte ich. *Ich kann sie nicht bewegen.*

Du hast meinen gekrümmten Arm bemerkt und dich neben mich gesetzt.

*Wie?*

Du hast mir eine Hand an den Rücken gelegt und die andere an den Ellenbogen, ohne die Verletzung zu berühren. Du hast mir über die Wange gestrichen.

*Du zitterst ja. Ist dir kalt?*

*Ja. Ich habe mich erschreckt.*

*Kannst du ihn strecken? Dreh ihn mal, lass mich sehen.*

Ich bewegte den Arm, zeigte die Knöchel vor. Sie waren jetzt schon rot geschwollen, der Ansatz des Mittelfingers war gehäutet.

*Amına koyayım. Edith, hat dich jemand angegriffen?*

*Nein. Ich war das. Es tut mir leid. Ich habe kein Brot mitgebracht.*

Du hast mich an deine Schulter gezogen und umarmt.

*Wen hast du geschlagen?*

*Ich weiß nicht. Einen Mann.*

*Was?*

*Er hatte mir nichts getan.*

*Sieh deine Hand an! Wir müssen ins Krankenhaus.*

*Auf keinen Fall. Ich glaube, es ist nur eine Verstauchung.*

Du wolltest eine Personenbeschreibung, hast mehrmals nach seinem Aussehen gefragt und wo er jetzt sein könnte. Dein Körper war steif vor Wut. Ich hatte dich noch nie so aufgebracht erlebt.

*Ich hätte dort sein sollen.*

Ich umschloss deine Finger mit meiner unversehrten Hand, und sie schoben sich fest zwischen meine.

*Alles in Ordnung, Halit.*

*Nein. Tamam. Es reicht.*

*

Als Naomi und ich Heiligabend am Kaminfeuer saßen, hörte ich plötzlich ein Auto, das sich über das Moor näherte. Im Tal war Schnee gefallen und türmte sich in den Gräben auf. Ich hatte eine Beruhigungstablette genommen und entspannte mich langsam. Naomi häkelte, legte Fäden um, schob den Haken hinein – Lila und Grün, Lila und Grün. Der Anblick war beruhigend.

Die scharfen, gutturalen Auspuffgeräusche waren unverwechselbar.

*Das ist er*, sagte ich.

Naomi häkelte weiter.

*Ganz sicher?*

Ich trat ans Fenster und sah, wie Scheinwerferlicht die Dämmerung durchbohrte, abtauchte und an der nächsten Kuppe wieder in die Höhe schoss.

*Ja.*

Meine Panik fühlte sich klein und empfindlich an, als wäre sie kein Teil von mir, sondern eine hilflos umherflatternde Motte.

*Na dann*, sagte sie.

Sie war ruhig, beziehungsweise nicht ruhig, aber ganz Naomi. Sie legte das Garn und den Lappen in den Nähkorb und stand auf. Sie trug die alte Robe, ihr Haar war offen. Weder nahm sie ihren Mantel vom Haken noch holte sie ihre Stiefel.

*Du wartest hier.*

Sie zog eine Schublade auf und ließ etwas in ihrer Tasche verschwinden. Sie schob den Riegel zurück, öffnete die

Haustür und schloss sie sanft hinter sich. Ich rannte nach oben wie ein Feigling, schaltete das Schlafzimmerlicht aus und schloss die Vorhänge. Ich sah Alis Auto um die letzte Kurve biegen. Naomi stand barfuß in einer Lichtpfütze unter dem Fenster und wartete auf der dicken Schicht aus Raureif. Vor ihr liefen die Konturen der halbdunklen Landschaft ineinander. Klar umrissen war nur der Stechginster am Horizont.

Das Auto hielt vor dem Cottage. Sogar oben im Schlafzimmer konnte ich die laute Musik aus der Stereoanlage hören. Aufpeitschende Musik. Ali wartete das Ende des Songs ab, dann erst stellte er den Motor ab und stieg aus. Er zog sich seinen Mantel über. Ich hörte seine Stimme, den spöttischen, vertraulichen Tonfall.

*Schön, dich zu sehen, Naomi. Ist deine Tochter zufälligerweise auch hier?*

*Edith ist ausgegangen.*

Ihre Stimme klang tonlos. Ich spähte hinunter. Mit den ungekämmten Haaren wirkte sie so zerlumpt wie eine Landstreicherin. Ali lachte sarkastisch.

*Ja, klar. Ich kann wohl kaum erwarten, dass du mir eine Tasse Tee anbietest? Die Fahrt war die reinste Folter.*

*Nein, Alistair, ich kann dir keine Tasse Tee anbieten.*

Ganz kurz schwiegen sie.

*Oh. Okay. Darf ich denn aufs Klo, Naomi? Darf ich in deine Toilette pissen? Denn ich habe sechs Stunden im Auto gesessen, und irgendwie ist das kein angemessener Empfang.*

*Nein.*

Wieder Schweigen. Ihre Atemluft stieg im Zwielicht auf wie Rauch. Ein Windstoß hob Naomi das Haar von den Schultern, ihre Füße auf dem Eis ließen mich an Folter denken.

*Du weißt, dass ich ihretwegen eine Nacht in einer Zelle verbracht habe? Die haben mich einen Frauenschläger genannt und mir jede Stunde mit einer Taschenlampe in die Augen geleuchtet, und an dem stinkenden Klo klebte die Scheiße von zwanzig Männern. Mich dein hübsches sauberes Bad benutzen zu lassen ist das Mindeste, was du tun kannst.*

Jetzt, da die Fensterscheibe und das Medikament uns trennten, konnte ich ihn mühelos durchschauen. Seine simple Technik, die billige Provokationsmasche. Er würde den Einsatz immer weiter erhöhen, bis sie reagierte.

Naomi wiederholte sich nicht. Sie standen einander in der quälenden Winterstille gegenüber, bis Ali nachgab und den Kopf schüttelte.

*Ich weiß, dass sie da ist, du spastische Kuh. Und jetzt schickt sie ihre beschränkte Mutter vor, damit sie die Drecksarbeit für sie macht.*

Seine Stimme klang plötzlich tiefer und schärfer; er ärgerte sich maßlos über die Rochade. Er legte den Kopf schief, wie um Naomi aus einem anderen Blickwinkel zu betrachten. Ich konnte ihr Gesicht kaum erkennen, aber ich wusste um dessen Unvermögen; es war eine Glaswand, von der alles abperlte. Sie zu kränken war praktisch unmöglich. Sie hatte neuronale Lücken und sagte nur, was sie sagen wollte. Sie schob eine Hand in die Manteltasche. Ganz kurz dachte ich, sie würde ein Messer herausziehen und ihn umbringen. Es wäre logisch, pragmatisch, wie wenn man Butter schneidet, um sie auf eine Toastscheibe zu streichen. Aber dann kam ein Geldbündel zum Vorschein, ihr Weihnachtsgeschenk für mich. Sie hielt es in die Höhe, nicht von sich weg, sondern direkt vor der Brust.

*Was soll das*, sagte er, *willst du mich jetzt bestechen? Willst du deine Tochter freikaufen?*

*Nein. Das ist Benzingeld.*

Ali schüttelte den Kopf und stierte sie böse an.

*Naomi. Heute ist Heiligabend. Scheiße noch mal, was glaubst du denn, wo ich jetzt hinsoll?*

Sie stand unbeweglich da und hielt das Geld wie Futter für ein scheues Tier, das irgendwann doch näherkommen wird. Ihre Robe sah furchtbar aus, der Samt war auf eine fast mythische Weise rau und abgewetzt. Alis Mantel war aus Zobelpelzen zusammengestückelt, das Warnorange von seinem Rücken verschwunden.

Ich hätte nach unten gehen, mich dazwischenstellen und dem Ganzen ein Ende machen sollen, aber ich rührte mich nicht vom Fleck. Ali muss gewusst haben, dass ich in der Nähe war und alles beobachtete, aber er rief nicht nach mir. Er suchte die Konfrontation, und dazu reichte ihm Naomi. In gewisser Hinsicht war sie sogar noch besser, eine neue Sparringspartnerin mit mutmaßlich vielen Schwachstellen und unermesslichem Potenzial. Er hatte sie immer wieder herausgefordert und versucht, den richtigen Ansatz zu finden und den Zunder zu entfachen, doch anscheinend war sie feuerfest.

Ali öffnete den Reißverschluss seiner Hose, holte seinen Schwanz heraus und pisste einen hohen, dampfenden Bogen. Die Flüssigkeit klatschte auf den Boden zu Naomis Füßen und spritzte gegen den Saum ihrer Robe. Weder zuckte Naomi noch wich sie zurück. Mit einer Hand hielt er den dicken, weichen Schaft von seinem Körper weg, und als er fertig war, streckte er die andere aus und nahm das Geld. Für eine Sekunde verschwommen sie ineinander. Ihre Stimmen waren leise und verschwörerisch. Es war entsetzlich. Ich wandte mich ab, zog einen Pullover über und ging die Treppe hinunter. Ich stieg in meine Stiefel und entriegelte die Haustür, aber da war der Escort schon wieder in Bewegung. Ali wendete, ließ den Motor aufheulen und fuhr los. Seine Rücklichter zogen sich über das Moor zurück wie zwei rote Augen. Ich wusste nicht, ob er mich gesehen hatte.

Nach einer Weile kam Naomi herein. Sie schien unverletzt, aber sie hatte ein bleiches Gesicht und grellrote Flecken auf den Wangen. Sie verströmte kalte Luft und einen schwachen, weizenartigen Geruch nach Urin. Ich wollte sie umarmen, aber sie ging an mir vorbei ins Bad. Ich hörte die Stöpselkette klimpern, das Rauschen von Wasser, das ins Waschbecken läuft, und zuletzt ein Quietschen, als sie den Hahn zudrehte. Das Weiß vor der Haustür war zertrampelt und gelb eingefärbt, ein unscharfer Fleck, auf dem sich Wettstreit und Niederlage abgespielt hatten. Ich schloss die Tür und schob den Riegel vor, obwohl ich mich nicht mehr bedroht fühlte.

Als Naomi aus dem Bad kam, trug sie immer noch den Hausmantel, dessen Saum jetzt triefte. Der Anblick war kaum auszuhalten.

*Alles in Ordnung?*

*Ja*, sagte sie. *Hast du Hunger?*

*Eigentlich nicht.*

*Ich schon.*

Wir saßen am Küchentisch vor den Schüsseln. Naomi tauchte den Löffel in die Suppe, zog ihn wieder heraus und kostete. Ihre Hand und das silberne Oval zitterten ganz leicht.

*Ich habe schon wieder das Salz vergessen*, sagte sie.

*Das macht nichts. Sie ist gut so.*

Ich versuchte zu essen. Das Brot schmolz in meinem Mund und verformte sich, ließ sich aber nicht herunterschlucken. Ich konnte fühlen, wie mein Gesicht sich verzog, und dann kamen die Zuckungen.

Naomi hörte es und hob den Kopf.

*Was ist?*, fragte sie. *Tut deine Wunde immer noch weh?*

Der Schmerz entfaltete sich hinter meiner Stirn. Ich kniff die Augen zusammen, meine Finger zerdrückten das Brot.

*Edith? Edith!*

Der Löffel fiel klirrend in Naomis Schale. Sie nahm mir vorsichtig das Brot weg und hielt mein Handgelenk fest. Ihre Bewegungen erfolgten eher automatisch.

*Er hätte dich angreifen können. Du hättest sterben können.*

Etwas warf sich von innen gegen meinen Brustkorb, stieg unkontrolliert in mir auf und wollte verzweifelt heraus. Ich zitterte am ganzen Leib und war machtlos gegen das Geräusch und die Tränen. Es war wieder Weihnachten, ich war acht Jahre alt, sie war noch nicht auf der Straße zusammengebrochen und lächelte mich mit klaren, ausdrucksvollen Augen an, während ich ihr im Spielzeugladen das Puppenhaus zeigte.

*Nein*, widersprach sie. *Er war einfach nur sauer, weil du ihn verlassen hast. Ich habe ihm gesagt, dass das Hotel am Scotch Corner geöffnet ist. Möchtest du etwas anderes essen?*

Ich schüttelte den Kopf, Schleim lief mir aus Mund und Nase.

Als ich mich beruhigt hatte, zog sie die Hand weg. Sie nahm meine Schüssel, goss die Suppe zurück in den Topf und zündete den Gasring an, um sie noch einmal aufzuwärmen.

*

Nach dem Vorfall wolltest du die Vorratskammer des Restaurants ausräumen. Der Fisch in der Gefriertruhe würde bald ablaufen, außerdem hattest du haltbare Lebensmittel in großen Mengen eingelagert. Die Berichte über Plünderungen, offene Gewalt und chaotische Zustände in den Krankenhäusern häuften sich. Vor einer der Tafeln der Stadt hatten Soldaten zwei bewaffnete Männer erschossen. Das Virus breitete sich immer noch aus. Kendra schrieb keine Nachrichten mehr, auch sie war erkrankt. Du hast gesagt, es wäre das Klügste, ein letztes Mal hinzugehen und das Restaurant dann endgültig aufzugeben.

Wir sprachen darüber, die Vorräte zu verschenken.

*Was meinst du?*

*Ja, vielleicht. Nein, scheiß auf die anderen.*

Das Wertesystem hatte sich verschoben. Du warst wütend und hattest den Glauben an die Menschen und die Politik verloren – ein vertrautes, deprimierendes Gefühl. Die Regierung berechnete die Zahl der Infizierten und den Zeitpunkt, an dem die Welle brechen würde. Bis es so weit war, würden wir in Burntcoat ausharren.

Mein Handgelenk bekam einen Kreppverband. Zu meiner Überraschung hast du ihn fast professionell angelegt. Wie du mir erklärt hast, bestand dein Militärdienst vor allem darin, an der Grenze zu patrouillieren und auf verdächtige Bewegungen im Dorf zu achten. Du hast Waffen geputzt, beim Drill mitgemacht und Erste Hilfe gelernt.

*Und mir jede Menge Pornos angeschaut.*

Bei diesem Geständnis hast du kurz von meinem Handgelenk hochgesehen.

*Sorry.*

*Warum? Das macht doch nichts. Ich hätte dasselbe getan. Welche genau?*

Du hast gelacht und die weiße Rolle wieder und wieder um meine Hand gedreht. Das Gelenk schmerzte dumpf, gelegentlich pochte ein Schmerz in meinem Arm. Alles fühlte sich steif an.

*Komm schon, erzähl. Lenk mich ab.*

*Also, meistens hatte ich sie irgendwelchen Männern weggenommen. Wie heißt das Wort?*

*Konfiszieren.*

*Ja, genau. Ich hatte sie konfisziert.*

*Was war dein Rang?*

*Hauptmann.*

*Oh.*

Du hast tief geseufzt.

*Alle mussten hin. Nein, warte, das stimmt nicht. Hassan – vor dem Restaurant haben wir zusammengearbeitet – war befreit. Er galt als Europäer. Ist das zu stramm?*

*Nein, fühlt sich okay an. Und was genau hast du dir angesehen?*

Du hast den Kopf geschüttelt und versucht, ernst zu bleiben.

*Was hat dir gefallen?*

*Ich weiß nicht.*

*Oh, doch!*

*Na ja, alles eben. Wenn die Frau das Sagen hat.*

*Oh.*

*Wir sollten nicht darüber reden.*

Ich habe mich vorgebeugt, dich ganz sanft auf den Hals geküsst und mich bis hinter dein Ohr hochgearbeitet, wo du besonders empfindlich warst.

*Erzähl es mir*, flüsterte ich.

Du hast abermals geseufzt und aufgegeben, oder du wolltest mir zuliebe mitspielen.

*Wenn man sieht, wie es in ihren Mund fliegt, und wie sie die Zunge bewegt.*

*Magst du es, wenn sie ihn in den Mund nimmt? Ganz tief?*

An deinem Hals breitete sich ein roter Fleck aus.

*Nein, nur die Spitze. Wenn sie dran leckt.*

*Was noch?*

*Wenn sie oben ist und es wirklich will, und die Kamera sieht von hinten, wie ihr Arsch sich auf und ab bewegt und …*

Ich beendete den Satz für dich.

*Wenn man sieht, wie sie den Mann reitet und sein nasser Schwanz so richtig rangenommen wird.*

*O Gott, ja!*

Du hast wieder gelacht, schockiert über meine Offenheit, und zwischen Verlegenheit und Freude geschwankt. Du hast das Kreppband weiter um meine Hand gerollt, Streifen an ordentlichen Streifen.

*Gefällt es dir, wenn sie rasiert ist?*

*Nein. Damit kann ich nichts anfangen.*

*Du findest es besser, wenn alles natürlich ist?*

*Ja.*

*Manche Männer schauen gern zu. Für sie ist es das Beste.*

*Nein. Wie könnte es besser sein?*

*Wahrscheinlich sehen sie gern, wie eine Frau gefickt wird.*

*Ich wollte sie lieber selbst ficken. Wenn wir so weiterreden, wird das nichts mit dem Verband.*

Ich wartete darauf, dass du fertig wirst und das Ende der Rolle unterschiebst. Während deine höfliche, zurückhaltende Art Risse bekam, aus denen deine Erfahrung herausquoll, spürte ich einen schmerzlichen, aufregenden Stich der Eifersucht. Die nebulösen Szenen aus deiner Vergangenheit machten mich zur Voyeurin. Du hast neben mir gekniet und während der ganzen expliziten Befragung den Kopf gesenkt, und dann hast du plötzlich aufgeblickt. In deinen Augen ein Leuchten, Übermut, sanfte Scham und ein Hauch von Erregung.

*Warum reden wir darüber?*

*Es ist ein Schmerzmittel.*

Ich hob die Hand. Der Verband erstreckte sich in einem säuberlichen Pfeilmuster bis an die Gelenke und verkürzte meine Finger zu Stümpfen. Du hast den Kopf geschüttelt.

*Einiges davon war übel. Was sie den Frauen in den Filmen angetan haben. Ich mag so etwas nicht.*

*Manche Leute schon.*

*Ich nicht. Ich weiß nicht genau, ob es ein Film war oder ein Verbrechen, das jemand gefilmt hat.*

Deine Zornesfalte wurde tiefer. Ich kannte dich mittlerweile gut genug. Zwei dicht beieinanderliegende Seiten, zwei unterschiedliche Zustände. Das blaue Strahlen deiner Iris konnte sich blitzschnell abkühlen und in eisige Reserviertheit verwandeln.

*Es ist hart, von der Familie getrennt zu sein, und sei es nur für ein Jahr. Keine Freunde, keine Geliebte. Manche Soldaten waren kurz vorm Durchdrehen. Ich sage das nicht gern, aber irgendwie musste es ja raus. Zu viele Gewehre und Männer auf engem Raum. Ein Film ist besser.*

Über das meiste konnten wir reden, doch es gab angeborene Geschichtsnischen, die mir für immer verschlossen bleiben würden.

*Musstest du schießen?*

*Du meinst, ob ich jemanden getötet habe? Ich habe gesehen, wie Leute erschossen wurden. Die Grenze verläuft durch uralte Dörfer, manche Familien wohnen seit Hunderten von Jahren dort und betrachten das Land als ihr Territorium. Einmal hat ein Mann die Grenze überquert, um seine Verlobte zu besuchen. Die Wachen haben ihn erwischt. Wir mussten die Leiche zurücktragen und alles erklären. Also, ja, ich trug die Verantwortung.*

Du hast aufrecht gekniet und die Hände an die Hüften gelegt wie ein Mann, der vom Gebet hochkommt oder der sich nicht unterwerfen wird und der ganzen Welt die Stirn bietet. Ich wusste nicht, was ich sagen sollte.

*Es war zu dumm. Er ist einfach gerannt. Da hätte sonst was passieren können.*

Der zugewandte Partner mit dem inzwischen überschulterlangen Haar und der Soldat, der eine Leiche trägt, waren schwer in Einklang zu bringen. Dein Übersetzer gab sein Bestes, deine Entschuldigung zu übermitteln und die Lage in der von der Trauer erschütterten Siedlung nicht eskalieren zu lassen, während du dich umgedreht hast und zurückgegangen bist, auf dem Rücken ein Fadenkreuz. Dein angespanntes Lächeln war eine Schutzmaßnahme. Er kennt sich aus, dachte ich. Wir sind in Sicherheit.

Eine Woche später konnte ich die Hand schon wieder belasten. Ich hatte sie mir nicht gebrochen. Ich war überzeugt, dass ich fahren und dir sogar helfen könnte, die Vorräte in den Lieferwagen zu laden. Ich wollte mit ins Restaurant, aber du warst dagegen.

*Sie muss in Ruhe verheilen. Du wirst sie noch brauchen. Zum Arbeiten.*

*Ganz sicher?*

*Ja, ich schaffe das allein.*

*Vielleicht solltest du deine Aufenthaltserlaubnis mitnehmen.*

*Meinst du, ich werde sie brauchen?*

*Angeblich werden die Leute draußen kontrolliert.*

*Ich wohne seit zehn Jahren hier!*

*Ich glaube nicht, dass das zählt.*

Du hast deinen Rucksack ausgeleert und deine Taschen nach einer Maske und deinen Papieren abgesucht. Wir standen an der Tür, als wäre sie eine Luftschleuse ins unberechenbare All.

*Hast du die Maske? Und die Handschuhe?*

*Ja. Ich beeile mich. Alles wird gut.*

*Okay. Bis später.* Ich gab dir einen Kuss.

*Bis später, canım.*

Eine Stunde später warst du zurück. Ich habe deine Schritte auf der Eisentreppe gehört, langsam und mit einer kleinen Pause zwischen den einzelnen Stufen. Wahrscheinlich die schweren Vorräte, dachte ich. Ich ging hinaus, um dir zu helfen. Du hast dich am Geländer festgeklammert und bist mit gesenktem Kopf heraufgekommen, wobei du immer einen Fuß auf die nächste Stufe gesetzt und den anderen dann nachgezogen hast. Du hattest keine Tasche dabei, das Hemd war dir aus der Hose gerutscht. Unten auf der Straße stand ein Land Rover der Armee. Eine Scheibe war heruntergelassen, der Fahrer hat gewartet und dich beobachtet.

*Halit. Ist alles in Ordnung?*

Du hast nicht aufgeschaut, sondern dich auf die Treppe konzentriert.

*Du bist doch nicht verhaftet worden, oder?*

Da hast du den Kopf gehoben. Du hattest ein blaues Auge, die Schläfe daneben war verformt und stark geschwollen.

*Scheiße. Was ist passiert?*

Ich wollte dir helfen, aber du bist zusammengezuckt und hast die Hand gehoben.

*Geh rein.*

Sobald du am Kopf der Treppe warst, fuhr der Land Rover davon. Unter deinem Auge klaffte ein Schnitt. Wie schlimm es tatsächlich war, merkte ich erst, als du durch die Tür gingst und ich deinen Rücken sehen konnte. Dein Hemd war zerrissen und verschmiert, darunter bluteten offene Wunden.

*O Gott.*

Du wolltest dich bücken und dir die Schuhe ausziehen, aber du bist erstarrt und hast einen heiseren Schrei ausgestoßen.

*Bitte, mach du,* hast du gesagt.

Ich habe mich hingehockt und die Schnürsenkel geöffnet. Du hast die Schuhe nacheinander abgestreift.

*Warum hat das Militär dich hergebracht? Waren die das?*

Die Wange unter deinem verletzten Auge war absurd geschwollen.

*Nein. Sie wollten mich ins Krankenhaus bringen, aber das war überlaufen. Einer der Soldaten hat mir die Glasscherben rausgezogen. Ich muss mich waschen.*

Im Bad half ich dir beim Ausziehen. Die Knöpfe konntest du noch selbst öffnen, aber das Hemd abzulegen war unmöglich. Vorsichtig hob ich den Stoff an, trennte ihn von der Haut an deinem Rücken und zog ihn dir über die Arme. Ich sah acht oder neun große Schnittwunden. Die Haut dazwischen war von Abschürfungen und verklebten Grashalmen bedeckt. Aus den Schnitten drang kaum noch Blut, aber manche klafften so weit auseinander, dass ich die tieferen Hautschichten sehen konnte. In einer steckte ein langer Splitter.

*Warte kurz.*

Ich rannte los und holte einen Hocker, und du hast dich steif darauf sinken lassen.

*Haben sie dir irgendwas gegeben?*

*Aspirin.*

*Aspirin? Mehr nicht?*

*Ich habe es nicht genommen. Ich bin allergisch.*

*Was? Das wusste ich nicht.*

*Ist schon in Ordnung.*

*Nichts ist in Ordnung. Wo bleibt die verdammte Polizei? Werden jetzt wahllos Menschen angegriffen?*

Ich holte eine Pinzette aus dem Badschrank und versuchte, den Glassplitter zu fassen zu kriegen, aber sobald ich daran zog, rutschten die Metallärmchen ab. Du hast einen Laut verschluckt und bist zurückgewichen.

*Sorry. Tut mir leid.*

Ich legte dir eine Hand auf die Schulter und versuchte es wieder, weniger zaghaft diesmal, und der Splitter löste sich. Er sah aus wie eine lange, durchsichtige Nadel. Aus der Stichwunde lief ein Rinnsal aus Blut über deinen Rücken und tropfte zu Boden.

*Ich glaube, das muss genäht werden, Halit.*

Du bist langsam aufgestanden.

*Den Rest erledigt das Wasser.*

Du hast die Hände in die Hüften gestemmt und schwer geatmet. Ich stellte die Dusche an.

*Ganz heiß, bitte.*

*Das wird sicher brennen.*

Ich drehte an den Armaturen, aus der kalten Wanne stieg Wasserdampf auf. Du hast deinen Gürtel geöffnet und dir die Jeans und dann die Shorts heruntergezerrt. Ich kniete nieder, um sie dir über die Knöchel zu ziehen, dann half ich dir mit den Socken. An deinen Oberschenkeln und Waden zeigten sich erste halbmondförmige Blutergüsse.

*Willst du mir sagen, was passiert ist?*

*Ich will mich einfach nur waschen.*

*Okay, ich helfe dir.*

*Ich muss mal.*

*Soll ich rausgehen?*

*Egal.*

Ich trat beiseite, wandte mich ab und hörte es in die Schüssel plätschern und dann dein gequältes Grunzen, als du den Deckel heruntergeklappt hast. Du hast dich unter die

Dusche gestellt und gekeucht, während das Wasser dir über die Brust lief. Dein Rücken war dämonisch, voller Krater und langer Schlieren aus Blut. Du sahst aus wie ein Lebewesen, dem man die Wirbelsäule herausgerissen hat. Aus der frischen Wunde lief rotes Blut. Du hast dir das Wasser minutenlang auf Stirn und Gesicht prasseln lassen, und dann hast du dich mit einer riesigen Kraftanstrengung umgedreht, den Rücken in die Gischt gehalten und aufgeschrien, als würden dir die Stiche abermals zugefügt. Du wolltest dich dagegenstemmen, aber die schrecklichen Schreie kamen trotzdem heraus, wie die eines Lamms. Deine Füße standen im rosa Wasser, dein Gesicht unter dem Duschstrahl war verzerrt, dein Schmerz sah aus wie Ekstase.

Danach hast du schwitzend und fassungslos dagesessen und darauf gewartet, dass die Luft dich trocknet. Du hast mir alles erzählt. Sie hatten dich ins Restaurant hineingehen sehen. Alles passierte sehr schnell, wahrscheinlich taten sie es nicht zum ersten Mal. Du hattest die Tür hinter dir abgeschlossen, aber sie schlugen das Fenster ein, kletterten durch und raubten die Vorräte und auch das Wechselgeld aus der Kasse. Einer trat dich und trampelte auf deinen Beinen herum, damit du nicht die Verfolgung aufnimmst.

*Als wäre das eine Option gewesen*, hast du mit hohler Stimme gesagt.

Ich versorgte deine Wunden und klebte die schlimmsten Schnitte mit Baumwollkompressen und Pflastern ab. Du wolltest ein T-Shirt anziehen, aber dann war es dir zu unbequem. Du hast dich aufrecht und mit nacktem Oberkörper an den Ofen gesetzt, und als dir das zu anstrengend wurde, hast du dich auf einen Kissenstapel gestützt. Die Kompressen waren jetzt schon durchnässt. Ich fand einen alten Tabakrest und etwas Haschisch und drehte einen Joint, den wir uns teilten. Wir sprachen nicht aus, was wir beide dachten. Du warst ungeschützt draußen gewesen.

In der Nacht hast du auf dem Bauch geschlafen. Jedes Mal, wenn du dich auf die Seite drehen wolltest, weckte uns der Schmerz.

*Geht es?*

*Ich bin so steif.*

Ich hielt deine Hand, streichelte deine unversehrten Stellen.

*Halit?*

Dein Auge war offen, dann schloss es sich. Wochenlang hattest du im Halbschlaf die Matratze abgetastet, meine Nähe gesucht und dich warm an meine Hüfte und Taille gedrückt, aber nun bewachte ich den Abstand zwischen mir und deinen Verletzungen. Ich zog das Laken zurecht wie für ein Kind. Ob du bei Bewusstsein warst oder nicht, spielte keine Rolle. Du warst so oder so unerreichbar.

Es sollte dein letzter Ausflug nach draußen sein. In den darauffolgenden Tagen warst du ernst und still. Du hast viel geschlafen und warst entweder im Bett oder im Sessel, manchmal auch unten im Hof, um frische Luft zu schnappen. Ein heftiger, reinigender Regen fiel, danach schien wieder die Sonne. Die eingetopften Pflanzen wucherten in die Höhe, am Boden und in den Lücken im Mauerwerk hatten sich Blumen selbst gesät. Du bist immer wieder zur Spüle gegangen und hast Wasser getrunken. Mein Geburtstag kam und ging; ich kochte uns etwas, wir saßen beisammen und aßen schweigend. Mir war es genug, aber das Gefühl des Übergriffs blieb.

Jeden zweiten Tag säuberten wir die Schnittwunden. Sie verheilten und bildeten schwärzliche Krusten. Bald ließ die Haut sich spannen, ohne gleich wieder aufzureißen, doch manchmal durchfuhr dich der Schmerz wie ein Blitzschlag. Ich fühlte mich unzulänglich, weil ich nicht genau wusste, wie ich dich trösten oder was ich sagen sollte. Das Restaurant war Vergangenheit, keine Frage. Selbst nach einer Instandsetzung würde es wohl kaum den wirtschaftlichen Zusammenbruch überstehen, der uns allen bevorstand. Ich gab dir einen Kuss auf die Wange.

*Es tut mir so leid. Ich weiß, wie hart du dafür gearbeitet hast.*

Der zaghafte Sex in Seitenlage bot uns nur vorübergehend eine Ausflucht. Du hast die Decke hochgezogen und uns darunter versteckt. Wir gingen so höflich und behutsam miteinander um wie in den ersten Tagen.

*Möchtest du Toast?*

*Nein, danke.*

*Du hast heute noch nichts gegessen.*

*Okay, dann ja.*

*Gehst du heute ins Atelier?*

*Nein.*

*Bitte lass dich durch mich nicht von der Arbeit abhalten.*

Zum Zeitvertreib habe ich dir am Küchentisch die Haare geschnitten. Dunkle Strähnen glitten zu Boden. Über deiner Stirn und in der Mitte deines Barts zeigten sich die ersten weißen Haare.

*Halt still.*

Die Klingen knirschten leise, du hast dich nicht bewegt. Ich kippte deinen Kopf ganz leicht zurück. An deinem gespannten Hals trat eine Ader vor, von deiner Oberlippe rieselten harte Borsten zu Boden.

*Es ist zu schade. Du hast ausgesehen wie Jesus.*

*Lass das bitte nicht meine Familie hören.*

*Jesus war sexy.*

*Nicht so sexy wie Mohammed.*

*Übrigens, ich habe auch eine Haarschneidemaschine. Wenn du möchtest.*

*Wozu? Um alles abzurasieren? Warum besitzt du so was?*

Ich holte mein Handy, scrollte durch die Galerie und zeigte dir ein Foto von der Preisverleihung. Meine nackte Kopfhaut, die Tätowierung. Du hast das Bild lange betrachtet.

*Das bist du.*

*Ja.*

*Du siehst … sehr dünn aus. Und fremd.*

*Ja, ich weiß.*

*Du siehst so anders aus. Warum weiß ich nichts davon? Wo war das?*

Du hast mich auf deine Knie gezogen und die Haare über meinem Ohr gescheitelt, bis die Zeichen zum Vorschein kamen.

*Was ist das?*

*Der Name meiner Mutter in Kanji.*

Du hast meinen Kopf gedreht, mein Gesicht in die Hände genommen und mich mit deinem neuen, nackten Mund geküsst, dem Mund vom Anfang, als wir draußen auf der winterlichen Straße standen.

*Du musst nicht traurig sein*, sagte ich. *Es war eine schwierige Zeit.*

*Schlimmer als jetzt?*

*Irgendwie schon.*

*Edith*, hast du geflüstert, *ich liebe dich. Und ich habe Angst vor dir.*

Mir gefiel es. Ich muss zugeben, ein Teil von mir hat die Krise genossen. Die versprochene Katastrophe empfand ich fast als Erleichterung, denn wahrscheinlich erinnerte mich unsere Art von Zweisamkeit – abhängig voneinander und gemeinsam gegen die Welt – an meine Kindheit. Künstlerinnen altern nicht, egal wie ernst sie es meinen oder wie clever und geschliffen ihre Werke sind. Was ist wirklich? Ich könnte es bis heute nicht sagen.

Dieses Bett.

Der Himmel hinter dem Fenster, seine veränderlichen Farben.

Dieser Seinszustand. Kraftlos, ungeschlechtlich, ausgeliefert. Eine noch nicht ganz vollendete Tatsache.

Die schwarze, flimmernde Tür.

Du.

Ich bin immer noch ein Halbling im Moor und sammle Beeren, trinke aus dem unterirdischen Fluss und stelle Sachen aus Zweigen und Dornen her. Die Welt existiert durch Wahrnehmung und Wiedererschaffung. Du warst der Riss in der Matrix, die unvermittelt offenbarte Wahrheit. Deinetwegen konnte ich mit Gewissheit sagen: Ich glaube daran, ich glaube alles davon.

*

Wir saßen am Tisch. Als du nach dem Salz gegriffen hast, sah ich den Ausschlag an deinem Ellenbogen. Feucht glänzend, gelblich und mit rotem Wundrand. Die Haut hatte kleine Blasen geschlagen, darin eine farblose Flüssigkeit. Ich hielt deinen Arm fest und begutachtete die Stelle. Das eine oder andere Bläschen war aufgeplatzt, der Eiter jetzt schon verkrustet.

*Was ist denn?*

Du hast deinen Arm verdreht und versucht, einen Blick darauf zu werfen, dann hast du dich vor den Spiegel im Bad gestellt und den Ellenbogen gehoben. Du hast ein Wort geflüstert, das ich nicht verstand, die Augen geschlossen und den Kopf in den Nacken gelegt. Ich fühlte ein erstes, Übelkeit erregendes Aufwallen von Angst.

*Hast du dich vielleicht verbrannt?*

Schweigen.

*Halit?*

*Nein.*

Im Stillen hatten wir beide nachgezählt. Der Überfall lag neun Tage zurück.

Du hast die Decke angestarrt, ohne etwas zu sehen, fast wie ein Pflanzentrieb, der auf weitere Anweisungen vom Licht wartet. Ich suchte nach Worten. Dann kamst du plötzlich wieder zu dir. Du hast die Augen geöffnet und mich angesehen.

*Hast du irgendwas?*

*Nein, ich glaube nicht.*

*Wir müssen nachsehen.*

Wir gingen im Bad auf Abstand und zogen uns aus. Es hatte nichts Erotisches; selbst nach dem Überfall, als ich dir aus den Shorts half, hatte ich für den Bruchteil einer Sekunde auf deine Hüftknochen und deinen bräunlichen Penis in dem Nest aus dunklen Haaren geachtet.

Meine Haut war glatt. Ich musste mich mehrmals umdrehen, damit du mich absuchen konntest. Meine Achseln, die Kniekehlen. Du warst furchtbar gründlich.

*Es geht mir gut. Das reicht jetzt.*

*Nein. Dreh dich noch mal um. Und jetzt die Füße hoch.*

Vielleicht wolltest du nur Zeit schinden.

*Halit, jetzt lass mich endlich nachsehen. Bitte.*

Du hast dagestanden wie eine Säule, und ich bin um dich herumgegangen, und dann habe ich mich hingehockt. Ich entdeckte weitere Stellen an deinem Rücken, zwischen den

Pobacken, und musste an einen Säugling mit wundem Hintern denken oder an harmlose Fieberblasen. Nie im Leben hatte ich bei Erwachsenen etwas Vergleichbares gesehen, nicht einmal auf Reisen.

*Glaubst du, es ist Nova?*

Deine Frage war leise und flehentlich.

*Ja.*

Ich wollte dich umarmen, aber du hast die Hände an meine Schultern gelegt und mich weggeschoben.

*Nein, ich bitte dich. Das darfst du nicht.*

Du bist ins Schlafzimmer gegangen und hast angefangen, das Bett abzuziehen.

*Wir müssen alles waschen. Ich habe es berührt!*

*Halit, hör auf, bitte.*

Halb verzweifelt, halb zornig und voller Selbstvorwürfe hast du die Hüllen von den Kissen gerissen.

*Ich werde alles sauber machen, und dann gehe ich zurück in meine Wohnung. Ich bin so ein Idiot.*

Du hast die Laken mit Fäusten zusammengeballt, jeder Muskel in deinem Oberkörper war angespannt. Kampf oder Flucht. In diesem Zustand hatte ich dich nie gesehen, ich wusste also nicht, was als Nächstes passieren würde. Deine Gesichtszüge waren hoch konzentriert und zugleich wie versteinert, die Hämatome an der Schläfe zu einem hellen Grau verblasst. Kein Geplänkel konnte uns auf den ersten echten Streit vorbereiten, auf sein Ausmaß und seine Härte.

In einer anderen Version hast du dich angezogen, bist hinausgegangen und hast die Tür hinter dir zugeschlagen, und danach sah ich dich nie wieder. Sie besteht weiter, diese Möglichkeit, in der wir voneinander getrennt und befreit und füreinander verloren sind. Die Leere dieser Variante reicht bis an den Bildrand. Sie ist unbehaust, und alles darin hat die Farbe von Lehm. Ich führe ein anderes Leben, oder gar keins. Aber du warst nicht in der Lage, mich im Stich zu lassen oder mir deine Güte zu verweigern.

*Nein. Ich habe es längst*, sagte ich. *Wenn du es hast, habe ich es auch.*

Du hast den Kopf geschüttelt und weggesehen.

*Nein.*

*Doch.*

Ich bin auf dich zugegangen und habe dir die Bettwäsche abgenommen, du hast widerwillig nachgegeben, als würdest du ein kleines Kind ins Wasser gleiten lassen. Ich habe sie beiseitegeworfen und dir eine Hand an die Brust gelegt. Du hast immer wieder den Kopf geschüttelt und wolltest alles leugnen – meine Berührung, deinen Freispruch, die Krankheit.

*Du kannst nicht gehen. Bitte, geh nicht.*

Wir haben uns umarmt.

Wir waren gesund und hatten keine Vorerkrankungen. Wir waren jung und stark. Wir würden es überstehen. Wir lösten uns voneinander und sprachen Beteuerungen aus, und alle davon waren ebenso leidenschaftlich wie falsch.

Später an dem Tag hast du die Virushotline angerufen. Die Wartezeit war enorm, fast eine Stunde mit medizinischen Informationen vom Band und dazwischen immer wieder Sibelius. Du bist durch das Zimmer getigert und hast dich vor Jonahs Fotos gestellt. Willkürliche, schwarz-weiße Momente aus einer anderen Zeit.

Plötzlich wurde die Dauerschleife unterbrochen. Eine Beraterin nahm deinen Namen und deine Daten auf und fragte nach den Symptomen. Sie bat dich, deine Temperatur zu messen. Kein Fieber, und auch dein Puls war normal. Du hast eine Reihe von Fragen beantwortet.

*Nein. Nein. Ja, hier ist noch jemand. Nein, sie hat keine Beschwerden.*

Die Beraterin betete die Standardinformationen herunter. Verlauf der Krankheit, Anzeichen der jeweiligen Phasen. Sie sagte nichts, was wir nicht längst wussten. Du hast so aufmerksam zugehört wie ein Schulkind und dir Notizen gemacht. Ein paar Mal hast du die Frau gebeten, sich zu wiederholen. Gegen Ende des Telefonats diktierte sie dir eine Nummer. Du hast mitgeschrieben, mich kurz angesehen, sie eingekreist und doppelt unterstrichen.

Wir saßen zusammen am Tisch. Du hattest Kaffee gekocht, und ich hatte kleine Gläser mit Wodka neben die Tassen gestellt. Jetzt waren wir wirklich ein Paar. Alles andere war nur ein Vorspiel gewesen, eine erste Annäherung. Du hast dir über die kurzen, borstigen Haare an deinem Hinterkopf gerieben.

*War das überhaupt eine Ärztin?*, fragte ich.

*Ich glaube nicht.*

*Was hat sie sonst noch gesagt?*

*Das Übliche. Viel trinken. Bloß nicht ins Krankenhaus gehen.*

*Das hat sie gesagt?*

*Nicht direkt.*

*Aber falls es sein muss …*

Ich konnte das drohende Scheitern jetzt schon spüren, dieses vertraute Gefühl, ohne jede Erfahrung in den Pflichten zu versinken. Wir redeten nicht über Wahrscheinlichkeiten oder den Stand der Forschung, obwohl wir beide ständig aufs Handy schauten und jeden neuen Artikel lasen. Du hast meinen Blick gesucht und verkniffen gelächelt.

*Dann werde ich jetzt also wieder gesund, damit ich mich, wenn es nötig ist, um dich kümmern kann. Abgemacht?*

*Abgemacht.*

Es gibt keine gute Art, auf eine Katastrophe zu warten. Eine Entlassung, ein Wirbelsturm, eine Operation – die Tage und Stunden davor sind längst überschattet, unproduktiv und spiegelglatt vor Angst. Du hast deinen Ausschlag im Spiegel untersucht, wie um dich selbst daran zu erinnern. Ein leichter Kopfschmerz stellte sich ein, neu und anders, intim wie Migräne, und deine Glieder wurden so schwer wie vor einer Erkältung. Nichts davon war unerträglich. Wir redeten uns einen milden Verlauf ein. Manche Leute – einige wenige – hatten kaum gelitten und hinterher erzählt, es sei nicht schlimmer gewesen als eine Grippe.

Am nächsten Morgen wolltest du keinen Kaffee. Du hast die Tasse von dir geschoben.

*Tut mir leid. Ich möchte nicht.*

*Hast du zu wenig geschlafen?*

*Nein. Es liegt am Geschmack. Wow. Als Erstes tötet es deine Nationalität.*

Du hast matt über deinen eigenen Witz gelächelt. Ich nickte nur, denn eine eigenartige, schuldige Vorahnung legte mir Zurückhaltung auf. Ich ging hinunter ins Atelier und saß apathisch am Fenster, bis ich vom warmen Licht Juckreiz bekam. Der Wolf und der Kranich waren immer noch nicht fertig. Ganz offensichtlich lag der Fehler in ihrer Anordnung. Das Holz stapelte sich auf Paletten und lehnte in den Wandnischen, unser vom Strand geborgenes, vielarmiges Fundstück war plötzlich nur noch Treibgut, eine Laune der Gezeiten. Schlimmer noch – es ähnelte dem Virus. Mein Unbehagen darüber, dass ich nicht arbeitete und auf der Stelle trat, war fast so belastend wie die Wirklichkeit jenseits des Ateliers. Wozu das Ganze? Am Ende würde alles in sich zusammenbrechen und verrotten. Das Stück würde so bedeutungslos sein wie mein Gesamtwerk, so unleserlich wie ein prähistorischer Kringel an einer Felswand.

Als ich wieder nach oben kam, hörte ich dich mit deinen Eltern telefonieren. Deine Stimme klang gehetzt, förmlich, liebevoll. Die wenigen mir bekannten Wörter gingen im Redefluss unter.

*Baba, evet, evet.*

Nach dem Auflegen hast du erleichtert ausgesehen.

*Meine Familie.*

*Geht es allen gut?*

*Meine Schwester war krank, aber sie fühlt sich schon besser.*

*Das ist schön.*

*Ja.*

Zum ersten Mal hörte ich so etwas wie vorsichtige Hoffnung heraus. Ich fragte mich, ob sie wussten, wo du warst und welche Geheimnisse du vor ihnen hattest.

*Hast du ihnen gesagt, dass du vielleicht … krank bist?*

*Nein. Sie können nichts für mich tun. Meine Mutter würde sich zu Tode sorgen.*

Wir fühlten uns immer noch zueinander hingezogen. Es war wie eine andere Sorte von Krankheit. Dein Körper reagierte auf meine nackte Haut. Die Nächte waren warm, und wir lagen dicht nebeneinander, ohne Decke und mit offenem Fenster, durch das nach Sperma riechende Pollen hereinwehten.

*Ich habe das Gefühl, dich schon lange zu kennen.*

*Tust du auch. Es war eine lange Zeit.*

Du konntest nicht anders, als dich meinen Brüsten zuzuwenden, den warmen, flachen Brustwarzen mit den blassblau geschlängelten Adern und der dunklen Mitte. Du warst müde und zögerlich, aber der Treiber blieb derselbe, wurde hart und wollte sich nicht wieder legen. Du konntest es nicht verbergen. Ich streckte die Hand aus, denn ich wusste keinen besseren Trost.

Als ich meine Finger darumlegte und auf und ab bewegte, hast du gestöhnt. Ich strich mit dem Daumen über die nässende Kuppe, die wulstige Rinne darunter. Du warst empfänglich, aber auch angespannt, innerlich zerrissen.

*Glaubst du, das ist erlaubt?*

*Keine Ahnung. Warum nicht? Ja.*

Ich beugte mich über dich. Mein Mund war ein nasses, zerbrechliches Wesen, das sich auf dir niederließ. Ich wollte dich vergessen machen und an einen anderen Ort bringen.

Du hast nach mir gegriffen, wolltest es irgendwie vergelten, aber die Empfindung war zu köstlich, deswegen hast du aufgegeben, dir eine Hand übers Gesicht gelegt und dich in die Kissen fallen lassen. Ich wollte bis zum Höhepunkt weitermachen, anscheinend hätte es nicht mehr lange gedauert, aber da hast du dich abrupt aufgesetzt, mich auf den Rücken gedreht und dich zwischen meine Beine geschoben. Du hast die Hände neben meinem Kopf aufgestützt und dich bewegt, mit den Hüftknochen gegen meine Schenkel geschlagen, energisch den Hintern angespannt. Es schien perfekt, die perfekte Ausflucht, bis es nach wenigen Augenblicken gar nicht mehr perfekt schien, sondern falsch und unnatürlich. Etwas an der Stellung oder an der Stimmung passte nicht. Du warst weniger sinnlich, weniger dabei, einfach nur ein Stück Fleisch. Du hast dich noch schneller und entschlossener bewegt, aber das Gefühl, es könnte nicht funktionieren, nahm einfach überhand. Der Sex wurde zu einer Pflichtübung.

Ich blieb stumm und fand keinen Winkel, in dem es sich richtig angefühlt hätte. Dein Körper und was aus seinen Drüsen trat roch verändert, ein bisschen säuerlich und nach Kupfer. Das ist die Krankheit, dachte ich, sie hat seine Biochemie verändert. Tränen schossen mir in die Augen, aber ich drückte den Rücken durch und versuchte, das Gefühl als Erregung auszugeben. Du hast die Täuschung gespürt, meine erstickte Stimme gehört, die dunklen, nassen Flecken auf dem Kissenbezug gesehen. Du hast innegehalten, mir mit dem Daumen über die Wange gestrichen und auf mich hinuntergesehen. Die Schwerkraft zog dein Gesicht herunter, auf deiner Stirn stand Schweiß.

*Was ist denn?*

*Nichts.*

*Tut mir leid.*

Ich legte eine Hand an deine Hüfte, drückte die Finger hinein.

*Mach weiter. Es ist gut.*

*Ist es nicht.*

Du hast dich zurückgezogen und aufgesetzt. Auch dein Oberkörper war von Schweiß bedeckt, dein Atem ging schwer. Du sahst krank aus.

Noch nie hatten wir etwas aufgegeben. Es war, als hätten wir eine Abmachung gebrochen, und plötzlich war ich überzeugt, dass alles andere genauso kaputtgehen würde. Ich wollte es unbedingt abwenden und beugte mich vor, um dich wieder hart zu machen. Ich nahm meinen eigenen Flussgeschmack an dir wahr. Du hast mir eine Hand an den

Hinterkopf gelegt, aber das Gefühl kam nicht zurück. Du bist weich geworden und in meinem Mund geschrumpft und hast dich wieder entschuldigt. In dem Moment hasste ich mich selbst. Die Verführung war gescheitert, die Mittel der Liebe waren mir entzogen worden. Ich stand vom Bett auf wie nach einem Streit und verließ das Schlafzimmer. Du hast mir nachgerufen.

Hinter dem Fenster zeichneten sich die dunklen Dächer der Stadt ab. Die Sterne darüber wurden jede Nacht mehr, weil die Luftverschmutzung zurückging. Inzwischen waren es so viele, dass sie eine eigene Leuchtwolke bildeten. Darin ein gekappter Mond, der immer wieder nachwachsen würde. Alles war eine Zahl. Die Tage im Hausarrest, die Stunden bis zum Ausbruch der Krankheit, der prozentuale Anteil der Überlebenden, die Grade der lebensbedrohlichen Hyperthermie. Ich glaubte, ich hätte alles über Vergänglichkeit und Widerstandskraft gelernt, erst von Naomi und dann von Shun.

Aber wirklich verstanden habe ich sie erst jetzt, was mich aber nicht trösten kann. Hatte ich jahrelang mit einem Material gearbeitet, ohne sein wahres Wesen zu verstehen? Wir sind in den Raum gestellte Figuren, die im Austausch für ein Bewusstsein, Sinne, eine Chance vorübergehend Gestalt annehmen. Wir sind Fertigprodukte, Wegwerfartikel. So erleben wir jeden einzelnen Moment: als wissender Staub.

Du hast Burntcoat lautlos und der Länge nach abgeschritten wie ein Raubtier oder ein Geist. Die Außenleuchte sprang an. Die Wohnräume füllten sich mit verschwommenen Gegenständen und Schatten. Ich spürte dich hinter mir, deine Arme über meinem Bauch und meinen Brüsten. Die Umklammerung war eng, unangenehm und nicht fest genug, um uns zusammenzuhalten, sollten wir stürzen. Dein Gesicht war nicht zu erkennen; wer du warst, konnte ich nur erahnen.

Die Tür zum Bad stand offen. Im breiten Spiegel gegenüber ragte eine Frau aus der Dunkelheit. Ihre Brüste waren eingeklemmt und schief, die Warzen erinnerten an schwachsichtige Augen. Die blass schimmernden Schenkel zeichneten sich deutlich ab, das Schamhaar kringelte sich zu einer feuchten Locke wie nach dem Geschlechtsverkehr. Die Arme lagen seitlich am Körper an. Wer auch immer sie gepackt hielt, konnte sie sehen, wie sie sich selbst sah, vollkommen entblößt, wie eine Frau in einem Schaufenster oder eine Marmorstatue an einer Promenade. In ihrem Bauch ein zerfurchtes Loch, ihr Ursprungspunkt.

Dies ist nicht die Geschichte. War es nie.

Die Frau hielt still, und dann hob sie die Hände und schob sie hinter sich in die Dunkelheit. Sie kippte das Becken und richtete es am Verlangen aus. Was immer sich hinter ihr befand, war geweckt und schob seine Hände über ihre Brüste, prüfte Gewicht und Form, die aufgestellten Spitzen. Die Frau forderte Aufmerksamkeit ein und stellte die Beine leicht auseinander. Eine Hand wanderte abwärts, zwei Finger bearbeiteten die glitschige Fuge, glitten in den Kanal, überzogen die Falten mit Nässe. Sie beobachtete den Vorgang und mochte, was sie sah: die eigene Berauschung.

Sie bückte sich, und zum Vorschein kam ein unbekannter, in Schatten gehüllter Geliebter. Sie schob sich zurück, dockte an, wurde an den Hüften gehalten und dann nach vorn gestoßen, einmal und dann zweimal; wieder und wieder wurde sie gefüllt, entleert und erneut gefüllt. Ihr Fleisch wackelte, ihre Brüste schaukelten. Vor ihrem Gesicht ein Haarschleier, während die Dunkelheit von hinten gegen sie klatschte.

Und die Frau im Spiegel beobachtete mich. Der Kopf meines Geliebten neigte sich nach hinten, genau wie im Spiegel, sein Mund war eine dunkle Öffnung, er beugte sich vor und richtete sich wieder auf. Wir beobachteten einander, ahmten alle Bewegungen nach, waren Stammgäste im selben Club. Wenn wir aufschrien, drang auch aus dem Mund unseres Zwillings ein Triumphgeheul. Hinter uns ergossen sich die endlich erlösten Partner heiß auf unsere Rücken und fassten sich dann selbst an, um noch das Letzte herauszumelken.

*

In der Nacht konnte ich nicht schlafen. Ich saß neben dir im Bett und strich dir über den Kopf. Ich war wund gescheuert und aufgedreht und jenseits aller Ruhe. Du hattest Salbei im Hof gepflückt, die weichen, grünen Blätter zerrissen und in

Becher mit heißem Wasser geworfen. Wie früher in Yeniköy, wo du Pflanzen vom Hang gesammelt und Tee daraus gekocht hast. Ein Rezept deiner Mutter, ein Hausmittel gegen alle Krankheiten und schlechten Gefühle. Der erdige Geschmack erinnerte an Schweiß. Du hast davon getrunken und dich hingelegt, und nun lagst du schlafend und mit angezogenen Knien auf der Seite. Dein blasses Gesicht in der Morgendämmerung, drumherum die zerdrückten Laken. Wie eine Auster in der Schale. Die Schnittwunden an deinem Rücken waren trocken und verschlossen.

Noch vor den ersten echten Symptomen nahm ich eine tiefgreifende Veränderung in deinen Gesten und deiner Haltung wahr. Du hast den Rücken an die Wand gelehnt und zu Boden gestarrt, in deinem Blick ein stumpfes Flehen nach etwas, was niemand geben konnte. Das Fortschreiten einer Krankheit ist zugleich eine Auflösung des Selbst. In deinem Fall äußerte es sich nicht als schneller Verfall; dein Gehirn geriet nicht mit einem Fingerschnipsen durcheinander. Stattdessen wurdest du im Laufe einer Woche immer matter. Zu atmen fiel dir schwer und kostete Kraft, selbst im Liegen. Es war, als hätte man alle Hohlräume deines Körpers mit Steinchen aufgefüllt, ähnlich wie Sean eine Konstruktion mit Ballast beschwert. Du selbst warst plötzlich schwer. Wenn ich dir von einem Zimmer ins andere half, musstest du dich auf halber Strecke hinsetzen wie ein alter Mann. Von den Auswirkungen auf das Gehirn hatten wir gelesen, von dem unheimlichen Nebel und der Konzentrationsschwäche. Im schlimmsten Fall verlief es wie eine Hirnhautentzündung. Du hast angefangen, wirr zu reden, und wolltest mir alles Mögliche erzählen, von deiner Familie und wie du im Süden per Anhalter gefahren bist, aber deine Geschichten waren konfus und kamen nie auf den Punkt.

*Er ist mein ältester Freund, aber ich habe seinen Namen vergessen. Wie hieß er?*

*Cem?*

*Cem!*

Der Sommer erreichte seinen Höhepunkt. Ich lief in Shorts und Unterhemd herum, aber du hattest selbst unter mehreren Decken Schüttelfrost. Ich zündete den Ofen an, es half nichts. Deine Schmerzen wurden unerträglich und stachen dir bis ins Mark, deine Wirbelsäule war ein Bündel aus Nerven, die das Unbehagen durch den gesamten Körper leiteten. Ich wusste von deinen Kinderkrankheiten, Asthma, Lamblienruhr, einmal war ein Lungenflügel kollabiert, aber das hier war mit nichts zu vergleichen. Ich hatte im Leben schlimme Dinge gesehen – der geklammerte Schädel meiner Mutter – und dachte: Ich schaffe das, ich kümmere mich um ihn, es wird eine weitere intime Erfahrung sein. Wie im Zeitraffer hatten wir eine lebenslange Beziehung hinter uns gebracht, und nun erwarteten mich die Pflichten einer Pflegerin.

Als du zu schwach wurdest und nicht mehr aufstehen konntest, half ich dir, in einen Behälter zu pinkeln, den ich später ausleerte. Ich brachte dir kleine Mahlzeiten: püriertes Obst, Brühe, alles, wovon ich hoffte, du würdest es vertragen. Dir war schlecht, du wolltest nichts essen und hast selbst Wasser abgelehnt.

*Du musst trinken. Denk an das, was die Frau gesagt hat.*

Aber du hast nur gestöhnt, dich umgedreht und den Kopf aufs Kissen sinken lassen wie einen schweren Stein.

Der beißende Geruch nach Krankheit und nach ungewaschenem Menschenkörper blieb, bloß dass er sich, seit ich ihn zuerst an dir wahrgenommen hatte, intensivierte wie durch einen Reifungsprozess. Du warst immer so reinlich gewesen. Langsam hasste ich meine eigene Stimme, meine ins Leere laufenden Wiederholungen.

*Hier ist Wasser. Ich habe dir frisches Wasser geholt. Möchtest du einen Schluck Wasser?*

Deine ausgetrockneten Lippen wurden schuppig und du verlorst immer mehr Gewicht. Ich bekam Panik, wurde resolut, zog dich hoch und lehnte dich an das Kopfteil.

*Okay, komm, wir versuchen mal, einen Schluck bei uns zu behalten.*

Ich ließ dich zusammengesackt dort sitzen, lief in die Küche und holte ein Glas Orangensaft. Als ich ihn dir einflößen wollte, hast du eine Hand gehoben und dich kraftlos gewehrt.

*Halit, es muss sein. Bitte. Versuch es wenigstens.*

Eine Minute lang hast du dich widersetzt wie ein Kind, die Lippen zusammengepresst und unglückliche Laute ausgestoßen. Zuletzt hast du nachgegeben, das Glas genommen und an deine Lippen geführt. Die eine Hälfte ging daneben, die andere hast du tapfer geschluckt.

*Okay, das war sehr gut.*

Du hast dich nicht bewegt und ungleichmäßig geatmet, und nach ein paar Sekunden hast du alles wieder ausgewürgt. Du hast mich weggeschoben und eine flüssige Masse erbrochen, leuchtend orange und in unmöglichen Mengen. Die heftige Abwehrreaktion schien dir neue Kraft zu verleihen. Du hast dich aufgerafft, ins Bad geschleppt und die Tür hinter dir fast zugezogen. Ich konnte hören, wie alle paar Sekunden Flüssigkeit in die Kloschüssel spritzte, und dann dein hohles Würgen.

Als ich den Eindruck hatte, dass es vorbei war, habe ich an die Tür geklopft und sie vorsichtig aufgeschoben. Du hast gekniet und dich bebend an der Toilette festgehalten. Ich konnte jede einzelne Rippe erkennen. Du wolltest aufstehen, hast es nicht geschafft und dich stattdessen auf die Seite sinken lassen. Ich habe dir eine Hand an den Rücken gelegt. Du hast gezittert und geschwitzt. Die Luft roch faulig, wie in einem Silo. Ich wusste nicht, was ich tun sollte. Ich lief zum Schrank, holte eine Decke und breitete sie über dir aus.

*Alles okay?*

Eine dumme Frage.

*Ich muss die Bettwäsche wechseln. Ich beeile mich, okay? Okay? Ich bin gleich wieder da.*

Ich ließ dich zitternd auf den Fliesen liegen, ging ins Schlafzimmer und riss die Laken herunter. Der Gestank des Erbrochenen löste einen Würgereiz bei mir aus. Es roch irgendwie giftig. Ich entfernte eine Schicht nach der anderen, aber alles war durchnässt. Ich reinigte die Matratze hastig mit einem Schwamm, rubbelte sie mit einem Tuch trocken und breitete ein frisches Laken darüber. Unten im Atelier stand ein Eimer mit gehärtetem Harz. Ich holte ihn herauf, stellte ihn neben das Bett und ging zurück ins Bad.

Neben deinem Kopf sah ich eine transparente Pfütze auf den Fliesen, von der sich ein Speichelfaden nabelschnurgleich bis an deine Lippen zog. Ich nahm einen neuen Geruch nach Gülle oder Fäkalien wahr. An der Rückseite deiner Shorts breitete sich ein dunkler Fleck aus. Du hast nach jedem Atemzug gewimmert und gleichzeitig bewusstlos gewirkt. Anscheinend hattest du versucht zu spülen, und jetzt zog sich ein hellroter Streifen aus blutigem Erbrochenen über den Klodeckel.

Ich stand über dich gebeugt und starrte auf dich hinunter wie auf einen Obdachlosen oder ein verendetes Tier am Straßenrand. Los, mach, dachte ich. Ich ging in die Hocke und hob vorsichtig deinen Kopf an. Deine Augen klappten auf, sahen nur unscharf, schlossen sich wieder. Ich wusste, ich sollte jetzt eine sanfte Bestimmtheit ausstrahlen, gurrend auf dich einreden, dich irgendwie beruhigen. Ich zog die Decke weg. Der Schweiß lief dir von den Achseln über die Brust und sammelte sich auf den Fliesen.

*Halit. Hörst du mich? Halit!*

Deine Augen öffneten sich, ruckelten, stellten sich scharf.

*Uyuyor muydum?*

*Ich bin's, Edith.*

*Bin ich eingeschlafen?*

Deine Stimme klang heiser, wie verätzt.

*Du bist ohnmächtig geworden. Wir müssen dich waschen. Komm, wir machen dich sauber.*

Wir krochen und rutschten zur Badewanne, ich half dir hinein. Deine Haut glühte, dein Bart war verfilzt.

*Hoch. Arme hoch.*

Du hast mich verwirrt angesehen. Du wusstest nicht, was los war.

*Ich muss dich ausziehen.*

Du hast die Hüften angehoben, und ich habe deine Shorts heruntergezerrt und versucht, nicht hinzusehen. Es war widerlich. Ich drehte den Kopf zur Seite, richtete mich auf. Es war zu demütigend; dein Gesicht legte sich in Falten, du hast angefangen zu weinen.

*Es tut mir leid*, hast du geflüstert. *Ich kann das allein.*

*Nein, lass, ist schon gut. Liebling, es ist gut.*

Ich holte den Duschkopf herunter und drehte das Wasser auf.

*Kannst du das mal halten?*

Du hast nach dem Duschkopf gegriffen und ihn kraftlos umklammert, während ich mit der Unterwäsche in die Küche lief und sie erst in eine Plastiktüte und dann in den Mülleimer stopfte. In meinem Kopf ein weißes Rauschen, das elektrostatische Prasseln von Tausenden winzigen Stromstößen. Ich wusch mir die Hände und eilte zurück zu dir. Ich versuchte, dich anzuheben, dich einzuseifen und alle Falten und Ritzen auszuspülen. Dein Darm entleerte sich noch zwei Mal. Mit dem Duschstrahl schob ich alles Richtung

Abfluss, dann seifte ich dich abermals ein. Die Prozedur hatte etwas Brutales. Ich war fahrig und ungeschickt. Du wolltest dich nicht wehren, aber dein Entgegenkommen fühlte sich an wie Widerstand. Ich ignorierte deine erniedrigende Lage und versuchte, über etwas anderes zu sprechen, dann gab ich es auf und machte schweigend weiter. Es konnten nur zehn oder zwanzig Minuten gewesen sein, die mir aber wie Stunden vorkamen. Irgendwann hattest du anscheinend einen neuen Zustand erreicht; auf einmal warst du sanft und leer. Ich trocknete dich ab, wickelte dich in die Decke und half dir ins Bett. Dein Hüftknochen stach mir in die Seite wie eine Messerklinge.

Ich erledigte alles, was von mir gefordert wurde. Schlimmer und entmenschlichender kann es nicht werden, dachte ich. Er wird dasselbe für mich tun, und dann gibt es zwischen uns keine Geheimnisse mehr.

Deine Temperatur stieg bis auf fast vierzig Grad. Ich riss die Fenster auf und stellte einen Ventilator neben das Bett. Ich wollte dir unbedingt Flüssigkeit zuführen, egal wie und ohne deinen Körper zu überfordern. In einem Topf erwärmte ich Wasser auf Zimmertemperatur und flößte es dir ein, einen Löffel pro Minute. Es schien zu funktionieren, aber dann hast du auf den Eimer gezeigt. Hätte ich Kinder gehabt, wäre ich vielleicht erfahrener gewesen, und demütiger. Ich hätte alte Handtücher auf das Bett gelegt statt neuer Laken. So lernte ich alles auf die harte Tour, wie junge Eltern oder wie eine Krankenschwester bei der Triage. Ich rollte dich auf die Seite, zog die verschmutzte Bettwäsche heraus und schob dir frische unter. Ich wusch dich mit einem Schwamm, legte dir Tücher zwischen die Beine. Deine Ausscheidungen wurden immer flüssiger und zuletzt schaumig.

Als dein Fieber über vierzig Grad stieg, wählte ich den Notruf und wartete.

*Er hat das Novavirus. Er braucht Hilfe. Ich kann ihn nicht mehr angemessen versorgen.*

Ich klang erbärmlich. Die Stimme am anderen Ende war ruhig, fast normal. Es gab keine freien Intensivbetten mehr und auch keine Stationsbetten, die Krankenhäuser waren voll und ich tat das Richtige: Das Fieber sollte weiter steigen und seinen natürlichen Lauf nehmen. Bei einem Krampfanfall sollte ich versuchen, den Hals, Zähne, Zunge und Mundgewebe zu schützen. Ich verstand nicht, was die Frau mir sagen wollte.

*Er muss ins Krankenhaus. Es geht ihm furchtbar schlecht. Ich bin keine Ärztin!*

*Bitte, bleiben Sie ruhig. Sie sollten ihn nicht bewegen.*

Ich wollte sie anschreien.

*Sie sind nicht hier, Sie können ihn nicht sehen!*

Ich habe dich im Stich gelassen. Ich weiß, dass es so war. Meine Angst war zu groß. Dein Körper stand in Flammen. In deinen tieferen Hautschichten breiteten sich rote Flecken aus, bis der Olivton getilgt war und du staatenlos zurückbliebst, als weißes, isoliertes Lebewesen in einem

Bett. Empfindungslos. Ich musste mitansehen, wie du verbrennst, und ich musste dein Gemurmel und deine Rufe hören. Ich wusch die Laken und hängte sie im Hof auf, aber die Spuren in den Fasern waren unauslöschlich. Ich holte eine Plane aus dem Atelier, wasserdichte Matte der Schande, und schob sie dir unter. Sie raschelte und knisterte bei jeder Bewegung. Ich wollte so dringend schlafen, und sei es nur für eine Stunde, aber das Adrenalin sprudelte durch meinen Körper und mein Unbewusstes erzeugte schreckliche, aufdringliche Bilder. Ich verbrannte deinen Leichnam und hielt den Gasbrenner an dein verfaultes Gesicht. In dir bewegte sich etwas, schwarz und ölig saß es in seinem Kokon.

Wenn ich etwas essen, mir die Hände waschen oder auf die Toilette gehen wollte, konnte ich dich immer nur für wenige Minuten allein lassen. Ich wusste, ich würde nicht mehr lange durchhalten. Ich sah mich durch die Tür und auf die Straße gehen. Ich sah mich bis an den Stadtrand laufen, über die Äcker und bis zur geraden, unfehlbaren Römerstraße, die mich durch das Tiefland und in den schützenden Granit des Gebirges führen würde. Die Vision fühlte sich klar und richtig an, sie zeigte die einfachste aller Entscheidungen, wie sie schon mein Vater und all jene Vorfahren getroffen hatten, die ihre Last abstreiften, das Eis überquerten und alles hinter sich ließen, was bedürftig und hinderlich war. Ich versuchte, die Sache auf eine wahnwitzige Art zu rationalisieren. Wer wusste, dass du hier bei mir warst? Niemand aus deiner Familie. Einige meiner Freundinnen. Du warst kaum mehr als ein Geheimnis, das sich leugnen ließe. In Burntcoat lagerten jede Menge brennbare Materialen. Allein schon der Name war schicksalhaft, als hätte es nur auf diese Krönungsfeier gewartet. Der selbstsüchtige Wunsch taucht wieder und wieder aus meiner Erinnerung auf.

Lange Zeit später, in einem der zahlreichen dokumentarischen Rückblicke, die in den darauffolgenden Jahren im Fernsehen liefen, erzählte ein spanischer Arzt von seiner Zeit auf der Intensivstation. Er hatte die Mimik eines alten, abgeklärten Boxers. Wortgewandt beschrieb er die Sinnlosigkeit der Bemühungen, die nutzlosen Lebenserhaltungssysteme. Mittendrin wechselte er kopfschüttelnd in seine Muttersprache. Die Untertitel brannten sich in mein Gedächtnis ein.

*Die schwelenden Leichen umgaben mich wie die Glut einer Feuergrube. Ich war nicht mehr in der Klinik, ich war nicht einmal in der Hölle. Ich saß an einem Tisch und pokerte mit dem Tod. Jeder meiner Patienten eine Karte, die irgendwann umgedreht wurde. Gewinne, Verluste. Als Arzt kommt man aus diesem Casino nicht mehr raus. Manchmal hatte der Tod Mitleid mit mir und gab sich großzügig, oder es war ihm egal und er ließ mich rein zufällig gewinnen. So ging das Spiel immer weiter.*

Ich las seine Worte und hörte seine brüchige Stimme, und dann verlor ich die Nerven und rannte am Fluss entlang, bis meine Lunge streikte. Er wusste es. Er wusste Bescheid.

Von einem Spuk zu sprechen wäre falsch. Spuk meint etwas Immaterielles, Ungreifbares, das sich nur durch einen Exorzismus austreiben lässt. Es suggeriert ein Jenseits, das

Grauen aus einer anderen Dimension, eine Hand, die aus dem Spiegel ragt, eine Heimsuchung, aber nicht den Zusammenbruch eines menschlichen Körpers, eines eitrigen, blau schimmernden Organismus, der im eigenen Bett zerläuft.

Einen kurzen Moment lang schien es, als würde das Fieber sinken. Ich hörte die Plane knistern und ging ins Schlafzimmer. Du hast aufrecht gesessen, dein Blick war klar, das Delirium offenbar vorbei.

*Hey, wie geht es?*

*Ja*, hast du geantwortet.

Du hast sehr entspannt gewirkt, irgendwie lammfromm. Auf deinen Lippen eine Schicht aus abgestorbener Haut, aber dein Haar war zum ersten Mal wieder trocken. Das menschliche Gesicht nach dem überstandenen Schmerz ist atemberaubend schön; fast könnte man glauben, Gott hätte es erschaffen.

*Möchtest du einen Schluck Wasser?*

*Ja.*

Ich wollte in die Küche gehen.

*Hülya nasıl?*

*Hülya?*

*Was macht unsere Kleine?*

Mir fiel ein Stein vom Herzen. Wir waren zurück in unserem Spiel, in unserem Fantasieleben.

*Sie malt einen Schmetterling und trinkt Milch.*

*Ist sie krank?*

*Nein, Halit. Natürlich nicht.*

Ich habe dich betrachtet. Dein Lächeln war glückselig, deine Augen waren glasig, darin ein Funkeln. Deine Finger strichen sanft durch die Luft.

*Ich hole dir Wasser. Du musst unfassbar durstig sein.*

*Teşekkürler, canım.*

Als ich zurückkam, warst du wieder eingeschlafen und das kurze Aufglühen erloschen.

Dein Körper, längst über den Punkt der Austrocknung hinaus, kämpfte noch einen weiteren Tag. Er hatte jeden Glanz verloren und war stumpf wie Kreide. Anscheinend war deine Kehle verschlossen, denn das in deinen Mund gelöffelte Wasser lief umstandslos wieder heraus. Ich wusste, du bräuchtest eine Infusion. Ich rief einen Krankenwagen. Ich rief immer wieder die Hotline an, wartete, flehte um Hilfe. Ich ließ das Telefon im Anchorman klingeln und klingeln. Kendras Handy war ausgeschaltet. Ich ging nach draußen, um einen Soldaten anzusprechen, irgendeine Autoritätsperson, zur Not einen Fremden, aber die Straße war menschenleer. Ich konnte nicht glauben, dass irgendetwas davon tatsächlich passierte.

Die Luft schob sich mit einem trockenen Klicken durch deine Speiseröhre. Deine Zunge war wie Holz. Ich versuchte, dir mit einem Tuch Wasser in den Mund zu träufeln, aber diesmal fingst du sofort an zu würgen und es fühlte sich an wie ein Mordversuch. Auch ich zeigte erste Symptome; ich vergaß, was ich tun wollte und woran ich mich eben noch erinnert hatte. Ich konnte es nicht mehr auf den Schlafmangel und die Erschöpfung schieben. Ich hatte offene Wunden an den Händen, um meine Stirn spannte sich ein Reifen aus Schmerz. Ich legte mich auf die Schwelle zum Schlafzimmer, wo mich der aufsteigende Geruch nicht erreichen konnte, und döste so unruhig, als wäre ich für einen Säugling verantwortlich. Manchmal wusste ich nicht genau, ob ich wach war oder schlief.

Ich betete nicht. Ich bettelte und schrie, meinte aber niemand Bestimmten, oder vielleicht dich. Es gibt so vieles, woran ich nicht glaube, obwohl ich früher einmal fest daran geglaubt hatte, ich würde Naomi im Arm halten, bis ihr Leichnam kalt war. Am Ende bekam ich ihn nicht einmal zu sehen. Ich schrie, und dann war ich still, nur noch eine Beobachterin.

Es war mitten in der Nacht oder kurz vor Morgengrauen, in den Minuten dazwischen. Ich drehte die Kurbel der Kaffeemühle. Die Bohnen fielen durcheinander und rutschten ins Mahlwerk. Ich drehte immer weiter, langsam und bestimmt, genau so, wie du es mir gezeigt hattest. Ich war voller Angst, es könnte zu lange dauern, gleichzeitig konnte ich nicht aufhören. Ich glaube, ich war wie von Sinnen, hypnotisiert vom schimmernden Glanz des antiken Messings. Möglicherweise hast du mich gerufen, aber ich habe dich nicht gehört. Ich spürte die Kraft des Virus und seine Absichten. Ich begann zu reden, ich verhandelte wie ein Kind, das versucht, die Zukunft zu beeinflussen.

*Wenn ich das hier erledigt habe, ist es vorbei.*
*Wenn ich das hier erledigt habe, ist es vorbei.*

Ich ließ die Kurbel los, füllte das Pulver in die Kanne, zündete die Herdflamme an und wartete, bis die schwarze Flüssigkeit in die Höhe stieg. Ich setzte mich an den Tisch und trank. Vergib mir.

Als ich wieder ins Schlafzimmer kam, lag der Körper auf dem Rücken, eine Hand über dem Bauch. Der Kopf war zur Seite gedreht und der Mund geöffnet, die Augen hatten einen bläulich weißen Schleier. Graugrüne Haut, fast wie geräuchert. Der Körper strahlte das Nichts aus. Die Energie im Raum hatte sich komplett verkehrt.

Ich kniete mich auf die Plastikplane und kroch neben den Körper. Ich hob den schweren Arm und legte den Kopf auf die wallartige Brust, kühl und unbewegt wie der Schlamm am Flussufer. Halit war weg, und du warst da. Ich ließ mich von dir im Arm halten.

*

Unsere Knochen, unser Gehirn und die Nerven sind sorgsam konstruiert, aber unser Leben ist vergänglich; dort liegt der Widerspruch, der Denkfehler. Die Regierung hat sich entschuldigt und Entschädigungen geleistet. Es kam zu Sammelklagen, Millionensummen wurden ausgezahlt. Der Schaden ist unbestreitbar, ähnlich wie bei den Bergleuten, den Empfängern verunreinigter Bluttransfusionen oder den

Opfern, die in einem zur Falle gewordenen Hochhaus verbrennen. Obwohl die Krankheit sich nicht kontrollieren ließ und die Premierministerin sich zwei Jahre später als Versuchsperson für den ersten Impfstoff zur Verfügung stellte, wurde die Regierung pulverisiert und ging allein für ihr finsteres Versagen in die Geschichte ein.

Nach der Rezession wurden die Opferfamilien entschädigt, und auch die Überlebenden, die irgendwann an einem Rezidiv sterben würden. Manchmal ging die Zahlung auf ein leeres Konto ein, aber im Grunde gibt es keine Entschädigung. Eine seelische Verletzung ist nicht berechenbar. Ich kann nicht behaupten, dass das Fehlverhalten der Institutionen am Ende eine Rolle gespielt hätte. Wir erwischen den Bus doch noch, und dann tut sich ein Karsttrichter auf. Wir fliegen, und das Flugzeug gerät in Turbulenzen. Wir haben nur ein einziges Anrecht: in einer wahrhaftigen Welt zu leben.

Der Leichnam blieb noch tagelang in Burntcoat. So lange, bis die Muskeln sich wieder entspannten, die Haut schwoll und ein Marmormuster annahm und die Fliegen Eier legten. Ich war krank und mein Bauchgefühl aufgehoben, aber ich hatte mich entschieden, nicht loszulassen. Ich hatte keine Angst, nicht davor. Ich hatte es im Moor oft genug gesehen. Die Fütterung. Die Natur arbeitet anaerob und auf Vereinigung hin; außergewöhnlich wirkt der Vorgang nur, wenn er Funken schlägt. Ich deckte den Leichnam mit der Plane ab, sah aber immer wieder darunter, bis das Gesicht sich zu sehr verändert hatte und unkenntlich geworden war.

Ich wickelte mich in eine Decke und setzte mich mit etwas Abstand daneben, und so war das Zimmer leer und gleichzeitig bewohnt. Ich konnte es immer noch nicht begreifen. Zeit meines Lebens hatte ich gewartet. Du warst mir versprochen worden und hattest versprochen, zu mir zu kommen. Es gab so unzählig viele Möglichkeiten, Formen und Chiffren, in Grabsteine gekratzt, in Rauchringe geblasen, aber du warst und bist jenseits aller Vorstellungen.

Irgendwann stand ich auf und trank ein Glas Wasser, und dann noch eins. Ich musterte mich im Spiegel: bleich, verdreckt, offensichtlich dem Niedergang geweiht. Ich klammerte mich ans Waschbecken, kämpfte gegen den Schwindel. Der Spiegel schien sich zu verschließen, die silbrige Fläche verengte und weitete sich wieder, oder vielleicht lag es auch an der Luft hinter mir, die sich umgedreht und mir ihre verborgene Rückseite gezeigt hatte, nur für eine Sekunde.

Ich sammelte mich und fand mein Handy in dem Chaos neben dem Bett. Der Akku war leer. Ich verband es mit der Steckdose, und als es sich einschaltete, erschien eine Nachricht, die Halit mir in einem Moment annähernder Klarheit geschickt hatte. Eine Adresse.

Hinter der Nummer, die er sich beim Telefonat mit der Hotline notiert und dann doppelt unterstrichen hatte, verbarg sich eine Registrierstelle, die Todesanzeigen aufnahm und die Abholung veranlasste. Als ich dort anrief, war ich ernsthaft erkrankt. Ich konnte fühlen, wie das Virus in alle

Systeme eindrang, in meine Glieder und den Magen. Die Gedanken bewegten sich in eigenartigen Wellen durch meinen Kopf. Vor dem Fenster stand ein Lichtkegel von beinahe schmerzhafter Helligkeit, ein violett und grün glühender Nebel. Inzwischen hattest du deinen stumpfen Hautmantel abgestreift. Ich ließ es immer weiter klingeln, bis jemand ranging. Der Mitarbeiter wollte wissen, ob er mich bei meinem Vornamen nennen dürfe. Ich war ruhig und ungewöhnlich reserviert. Vielleicht war er Hysterie gewohnt, Panik im Endstadium; er fragte mehrmals nach.

*Und Sie sind ganz sicher, dass Ihr Partner verstorben ist?*

Sein Akzent klang vertraut. Fast meinte ich, seine Stimme wiederzuerkennen. Womöglich waren wir zusammen zur Schule gegangen. *Heißen Sie Mark?*

Eine kurze Pause.

*Nein. Mein Name ist Ashley.*

Er sprach sehr langsam und mit der rücksichtsvollen Bestimmtheit eines Bestatters.

*Edith, bitte sorgen Sie dafür, dass bei unserem Eintreffen jemand zu Hause ist. Wir empfehlen Ihnen, den Leichnam nicht zu berühren, weil er eventuell ein Gesundheitsrisiko darstellt. Unser herzliches Beileid, Edith.*

Ich dachte, sie kämen sofort, noch in derselben Stunde. Unmöglich, dass außer mir noch andere warteten. Nach einer Weile überlegte ich mir, dass sie wahrscheinlich das Gebäude nicht finden konnten. Ich wickelte mich in eine Decke und stellte mich mit Schüttelfrost an den Ateliereingang. Dann ließ ich die Tür weit geöffnet, ging wieder hinauf, legte mich aufs Sofa und schlief ein. Als ich wieder aufwachte, war es draußen schon dunkel. Ich hatte den Geschmack von Erde im Mund, eine Welle der Übelkeit durchströmte mich. Ich wankte ins Bad und übergab mich mehrmals hintereinander, dann schleppte ich mich zurück aus Sofa.

Ihre Schritte auf den Dielen weckten mich. Sie standen zu dritt in der Mitte des Zimmers, trugen Schutzanzüge und Masken und sahen aus wie glatte, weiße Aliens. Ich setzte mich auf, kam unsicher auf die Beine, schwankte und setzte mich wieder hin. Sie kamen nicht näher. Ich erkannte zwei Männer und eine Frau, entweder Sanitäter oder Soldaten. Die Frau sprach mich an.

*Edith Harkness?*

*Ja.*

*Sie haben einen Todesfall gemeldet.*

Ich zeigte zum Schlafzimmer. Die Frau verschwand, und ich legte mich wieder hin. Alles drehte sich. Sie kam zurück und hatte keine Fragen mehr; der Zustand der Leiche war selbsterklärend. Einer der Männer hatte eine kleine Instrumententasche dabei. Er und der andere gingen ins Schlafzimmer, verpackten den Leichnam, trugen ihn durch die Wohnung und die Treppe hinunter. Entweder waren sie sehr schnell, oder ich hatte zwischendurch das Bewusstsein verloren. Die Frau stand neben mir. Ich sollte weinen, dachte ich, Halit hätte meine Trauer verdient, aber selbst dieser Gedanke wirkte einschläfernd. Was ich sagte, ergab keinen Sinn.

*Ist er noch da?*

*Nein. Die Bergung ist abgeschlossen.*

*Er hatte es.*

*Sie meinen das Virus? Der Leichnam ist ansteckend und wird entsprechend behandelt.*

Ich öffnete die Augen. Die Frau im weißen Schutzanzug saß am Tisch und füllte ein Formular aus. Sie stellte mir Fragen, die ich kaum beantworten konnte. Wie lautete sein Name? Hatte er hier gewohnt? Wo war sein Ausweis?

*Ms Harkness? Können Sie mir sagen, wie er hieß?*

Ich zeigte auf die Brieftasche auf dem Tisch. Die Frau öffnete sie und zog die Karten heraus.

*Konstadin Konstadinov?*

Verwirrt schüttelte ich den Kopf.

*Nein.*

Sie wiederholte den Namen auf der Karte, und da fiel es mir wieder ein.

*Ja.*

Sie stellte einen Totenschein aus und legte eine Kopie auf den Tisch.

*Seine sterblichen Überreste verbleiben vorläufig in staatlicher Obhut. Ist Ihnen Ihre Lage bewusst, Ms Harkness?*

Sie sah mich durch das Visier an. Ihre Züge wurden klarer, fast alterslos.

*Haben Sie jemanden, der Ihnen hilft?*

*Ja.*

*Bitte rufen Sie die betreffende Person an.*

Damit stand sie auf und ging.

*

Ich hatte Glück, obwohl ich in dem Fall nicht von Glück sprechen möchte. Die Krankheit zu überstehen bedeutete, von einer starken Strömung mitgerissen zu werden. Sie ist so schnell, dass die Landschaft bis zur Unkenntlichkeit verschwimmt. Ich habe Erinnerungslücken. Das Fieber stieg in kürzester Zeit und hatte den Höhepunkt bald erreicht. Ich zog die Plane vom Bett und legte mich direkt auf die Matratze. Die Krankheit und der Schmerz steckten in jedem Zentimeter meiner Haut, in jeder einzelnen Zelle. Ich wachte immer wieder auf dem Boden auf, einmal mit einer stark blutenden Kopfwunde. Ich trank aus alten, herumstehenden Wassergläsern oder direkt vom Hahn und füllte das Waschbecken wie einen Trog. In einer rätselhaften, gewalttätigen Psychose zerbrach ich Gegenstände, indem ich sie mir über die Schulter warf oder absichtlich fallen ließ, darunter eines von Jonahs Fotos, das zu hoch an der Wand gehangen hatte, um versehentlich mitgerissen worden zu sein. Ich schloss die Kühlschranktür nicht mehr, ließ die Eiswürfelformen fallen, wo ich gerade stand, und ordnete blutige Taschentücher zu einem Ring an wie bei einem Ritual. Die Krankheit zu überstehen bedeutete, ein Tier in einem Fluss zu sein, halb ertrunken, brüllend, an einem rettenden Ast verfangen.

Auf dem Höhepunkt des Fiebers warst du bei mir. Du warst von einer blendenden Greifbarkeit und in einen Stoff gehüllt, der so weich war wie Asche. Du hast nach Hund gestunken, meine Hand genommen, dich über mich gebeugt und gesagt: *Bleib.*

Ein jenseitiger Zustand ähnlich einer Geburt, wenn die ersten rohen Eindrücke der Welt hereinbrechen und die Seele erschüttern. Ich weiß noch, dass ich zu Naomi wollte, ich habe nach ihr gerufen, aber sie war spazieren gegangen und hatte sich verirrt. Sie kam nicht mehr zurück. Du warst im Garten des Cottage, während ich das Schiff baute. Du hast dich von hinten genähert, deine Arme legten sich wie Aale um meinen Hals, meinen Bauch und meinen schmalen, nackten Oberkörper. Ich machte mir in die Hose, und der Schnee zu meinen Füße zischte. Mein Schlaf war unruhig und verzerrt. In meinen Träumen sah ich meine Kindheit und die Errichtung der Hexe, die an einer Winde über den Ginster gezogen wurde, während nebenan der Verkehr vorbeidonnerte, ich sah den Eingang des Restaurants, wo ein Fremder in der Küche stand, und dann sah ich mich selbst mit runzliger, schlaffer Haut, in einem hohen Alter, das ich nie erreichen würde. Ich sah dein Gesicht. Auf dem Gipfel des Fieberkrampfs, als ich bei lebendigem Leib in Flammen stand und wusste, dass ich die andere Seite sehen würde, hast du die Maske heruntergenommen, und dahinter lag ein furchtbares, endloses Vakuum.

*

Die Welt wird nie wieder sein, wie sie vorher war. Die Meere und die Berge sind geblieben, die Städte füllen sich langsam mit neuem Leben, von Asphaltbahnen in Ocker und Türkis heben Düsenjets ab. Der Finanzmarkt gerät in Bewegung. Kinder dürfen wieder zusammen spielen. Die Menschlichkeit wird wieder eingeführt. Es gibt die Trauer und ihren langen Zug; die ganze Welt schließt sich an und geht ein Stückchen mit. Ein solcher Schock wirkt ebenso lähmend wie belebend, und alles davor war ein Fehler. Zukünftig werden wir es anders machen. Wir werden Buße tun, weniger konsumieren, umsichtiger sein und der Bestrafung einen Sinn abtrotzen. Angeblich stellt das hoch entwickelte Virus andere Krankheitserreger in den Schatten. Wie schon die Eiszeiten und die Verkleinerung des Genpools, wie die Sprache, das Blut und die Milch wird auch das Virus uns weiterentwickeln. Doch natürlich fallen wir irgendwann in die alten Gewohnheiten zurück. Die Erreger sind verbessert, aber wir sind im Kern dieselben geblieben. Wir sind die Verkörperung unserer schlimmsten Anlagen. Wir verharren in unserer Gussform.

Ich vegetierte tagelang vor mich hin. Die kürzeste Strecke war ein Kampf, und jeder Schritt erinnerte mich an den monströsen Schaden, an die Belastung, der mein Körper ausgesetzt gewesen war. Ein weißes Rauschen auf hohen und niedrigen Frequenzen kam und ging. Ich ernährte mich von abgelaufenen Cornflakes, Schokolade und allem, was noch in den Schränken und für mich erreichbar war. Meine Hände waren schwach wie Blütenblätter. Ich hatte so viel Gewicht verloren, dass meine Schulterknochen an Klammern erinnerten. Ich hörte jeden Schlag meines Herzens, ein dumpfes Wunder, an das ich nicht mehr glauben konnte.

Ich war weder die Letzte meiner Art noch hatte ich als einzige Überlebende ein Trauma davongetragen. Es ist nicht einfach, sich nach so einer Erfahrung wieder hinauszuwagen. Patienten, die das Glück hatten, die Krankheit in einer Klinik durchzumachen, berichteten später, sie hätten sich bei der Entlassung gefühlt wie aus einem Kloster verstoßen. Niemand wusste, was mit dieser furchtbaren Gabe anzufangen war, dieser wenn auch vorläufigen Einreisegenehmigung in die alte Heimat. In einem Café zu sitzen und Tee zu trinken, auf der Straße dicht an anderen Menschen vorüberzugehen, einen Fremden zu berühren, jemanden zu küssen – alles Grenzüberschreitungen.

Ich schaffte es nicht durch die Tür. Ich konnte kaum mit meinen Freunden sprechen, viele davon waren immer noch in einer Art Schockstarre. Ich dachte an sichere Orte, an den Zedernwald hinter dem Großvaterhaus, dessen Baldachin in der Dämmerung leuchtete und dessen riesige Stämme alle Geräusche abschirmten. An den Weg auf den Berg Haguro. Ich stellte mir die steinernen Stufen in dem endlosen Wald vor und dachte: nur eine noch, und das dachte ich jeden Tag. Meine Mutter hatte es geschafft, sie hatte ihre Zunge trainiert und alle Signale gelernt, *ich, ich, ich bin Na-o-mi.* Sie konnte stehen, ganz allein. Wie die anderen wartete ich darauf, dass der Sturm sich legte und dass Lebensmittel und Vitamine verteilt wurden, und bis dahin saß ich zu Hause und las alles über die Welt und ihre Geschichte, gerade so, als suchte ich nach Beweisen.

Vor einem Spiegel zu stehen war mir unmöglich. Ich sah, wie das Licht durch den Rahmen tobte, wie anstelle meines Gesichts ein Schatten auftauchte und dahinter eine Flut aus strahlenden Partikeln, einer optischen Migräne gleich. Alle Spiegel, egal wo, schienen ein Stroboskoplicht zu erzeugen. Ich fühlte mich, als könnte ich mich auflösen und in die gerissene Lücke abfließen, Atom für Atom, also nahm ich alle Spiegel herunter. In einem Körper zu leben bedeutet, seine Begrenzungen und seine Getrenntheit als gegeben hinzunehmen und in einem außergewöhnlichen Behältnis gefangen zu sein, es zu lenken und dabei zu denken und tausend Systeme gleichzeitig zu steuern. Ich hatte keine Ahnung, wie das funktionieren oder wer ich zukünftig sein sollte. Ich fand mich im Internet, und überall war nachzulesen, dass ich tatsächlich existierte. Im Atelier zog ich den Knochen aus der Wolfskehle und hielt Millionen von Jahren in meiner Hand, dann steckte ich ihn zurück.

Als ich mich hinauswagte, war das Gras im Park immer noch hoch und ungeschnitten wie eine Naturwiese. Durch die Straßen wehte Spreu, das Laub an den Bäumen dünnte sich bereits aus und wurde raschelig und bunt. Der Morgen war kühl. Nach dem eigenartigen Sommerschlaf war ich untergewichtig und erschöpft. Ich zog mehrere Pullover übereinander, nahm einen Schal und übte, bis ans Ende der Straße zu gehen und wieder zurück, dann steigerte ich die Distanz und lief am Fluss entlang und zuletzt ins Zentrum. Ich ging zum Biraz. Die Fenster waren mit Brettern vernagelt, die Rahmen von Ruß geschwärzt. Erst als ein Fremder meinen Arm berührte, merkte ich, dass ich weinte.

Anfangs wollte ich es leugnen und mir einreden, es handele sich um geschädigte Nerven oder die Folgen des Traumas. Manchmal setzte meine Wahrnehmung aus, ich litt an wiederkehrender Blindheit und Taubheit. Den Ärzten konnte ich es nur schwer beschreiben. Dunkle und helle Flächen flossen zusammen und wieder auseinander, bildeten Streifen und Ströme. Manchmal geschah es am Rand meines Sichtfeldes, in den Falten im Augenwinkel. Bei anderen Gelegenheiten blickte ich auf und hatte es direkt vor mir wie ein farbloses Polarlicht, gelegentlich mit einer Korona in Rot und Grün. Geräusche beeinträchtigten meinen Körper, selbst wenn sie außerhalb des hörbaren Bereichs lagen. Meine Haut und die Härchen an meinen Gliedmaßen reagierten darauf wie auf eine Berührung. Die Wellen durchdrangen mich und gingen ohne jeden Widerstand durch mich hindurch. Manchmal hörte ich nichts als ein beständiges, statisches Wispern.

Man sagte mir, die Beschwerden würden mit der Zeit nachlassen, was aber nicht passierte. Ich gewöhnte mir an, auf einer Pritsche im Atelier zu schlafen, wie früher vor der Renovierung. Es war der größte Raum, wo ich einen maximalen Abstand zu den Dingen hatte. An schlechten Tagen trug ich den Gehörschutz, den ich früher bei Arbeiten mit dem Kompressor und an der Drehbank aufgesetzt hatte. Meine Augen und Ohren wurden untersucht, die Werte waren normal. Der Arzt verschrieb mir eine getönte Brille mit großen, seitlich gebogenen Gläsern und empfahl mir für die Nächte einen Geräuschgenerator. Später diagnostizierte er eine posttraumatische Belastungsstörung und schlug mir eine Therapie vor. Angeblich litten viele Virusopfer unter körperlichen und seelischen Spätfolgen. Unterschiedliche Reha-Programme seien in der Entwicklung. Ich willigte ein und sprach mit einem Psychologen, dann mit einem anderen.

*Es ist, als wäre da etwas. Die Oberflächen sind anders. Sie sondern Energie ab.*

*Das muss sehr beängstigend sein, Edith. Würden Sie sich als hochsensibel beschreiben? Finden Sie laute Geräusche und bestimmte Materialien unangenehm? Watte oder Alufolie beispielsweise?*

*Eigentlich nicht. Findet das nicht jeder?*

Alle Symptome wiesen auf eine Paranoia hin. Aber ich war nicht paranoid.

Während der Sitzungen wurden die einzelnen Schichten freigelegt. Wie der Therapeut mir versicherte, ergab alles einen Sinn. Der pessimistische Unterton meiner Kindheit. Der Verlust eines Partner verstärkt das Gefühl noch. Im vergangenen Jahr hatten wir alle einen Blick in die Hölle geworfen und die unmittelbare Nähe des Todes gespürt. Meine Befürchtungen waren nachvollziehbar und verdienten Beachtung. Er forderte mich auf, mir vorzustellen, dass ich dich selbst erschaffen hatte, dass du schon in meiner Kindheit eine prägende Angst und Erwartung warst – meine Perspektive war dadurch festgelegt worden wie ein Gemälde durch seine Grundierung. Jeden Tag hatte ich nach diesem

Prinzip gelebt und die Vorstellung verinnerlicht. Um meine Angst zu bändigen, sollte ich dein Gesicht zeichnen und dir sozusagen eine Gestalt geben. Als wäre die gesamte Kunstgeschichte nicht erwiesenermaßen gescheitert.

Sobald ich mich kräftiger fühlte, tastete ich mich allmählich wieder ans Arbeiten heran. Ich zeichnete und benutzte den Ofen, der langsamer und weniger brutal war als die Gasbrenner. Ich stellte die Auftragsarbeit fertig. Sie kam mir vor wie ein Werk aus einer anderen Epoche, wie die Reproduktion des Werks einer anderen Künstlerin.

Ich telefonierte mit Karolina und erzählte ihr andeutungsweise, was passiert war. Sie hatte mir viele besorgte Nachrichten geschickt. Sie kannte mein Schweigen, manchmal war ich monatelang in ein Projekt abgetaucht. Die Unterhaltung war stockend und sehr emotional. Sie wirkte ungewöhnlich gerührt, und diese seelsorgerische Zuwendung war mir neu. Sie bot mir an, mich zu besuchen, noch am selben Tag, wenn es nötig sei. Falls ich auf Besuch noch nicht eingestellt sei, könne sie mir schicken, was immer ich brauche, und darüber hinaus eine Behandlung als Privatpatientin arrangieren und mir einen Physiotherapeuten suchen.

*Es geht mir gut*, sagte ich. *Es geht mir immer besser.*

*Liebes, ich bin so froh, das zu hören.*

Ihre Stimme wurde brüchig. Einige ihrer Klienten waren gestorben, und auch Kolleginnen und ihre alte Mutter in Frankreich, von der sie sich nicht verabschieden konnte. Immer mehr Namen drängten sich in die Leere zwischen uns.

Ich sagte ihr, das tue mir leid, und noch während ich die Worte aussprach, sah ich Halits Augen, deren fahles Feuer erloschen war.

*En avant toute. En avant toute.*

Sie kam aufs Geschäftliche zu sprechen und beschrieb den Kahlschlag in der Kunstbranche.

*Vermutlich liegt noch eine längere Durststrecke vor uns. Was soll ich der Stiftung sagen?*

*Sag ihnen, das Stück ist fertig. Sie können es abholen lassen.*

Irgendeine offizielle Stelle hatte Halits Familie informiert. Ich war dankbar, dass mir die Aufgabe abgenommen wurde. Ich erhob keinen Anspruch auf seine Urne; ein toter Mensch gehört der Mutter, die ihn geboren hat. Andere Verpflichtungen waren hingegen unausweichlich. Ich verpackte seine Sachen – die alten, auf Hochglanz polierten Stiefel mit den neuen Schnürsenkeln, die sorgfältig gewaschenen und gefalteten Hemden, seine Bücher, sein Handy und die weiche Lederbrieftasche. Ich wusste nicht, was davon sie haben wollten, also verfasste ich einen Brief. Die Übersetzungs-App warf die Sätze durcheinander und nahm keine Rücksicht auf den Ton, deswegen schrieb ich ihn am Ende auf Englisch in der Hoffnung, dass irgendein Familienmitglied ihn lesen konnte. Den Brief zu schreiben war extrem schmerzhaft. Weil ich niemanden verletzen wollte, sagte ich, wir seien gut befreundet gewesen.

*Halit kennenzulernen war ein Privileg. Er war ein freundlicher, sanfter Mann von wahrer Integrität. Er brachte mich zum Lachen. Er war eine Bereicherung für mein Leben …*

Ich schrieb nichts als die Wahrheit, aber zwischen den respektvollen Zeilen war die Natur der Beziehung klar erkennbar.

Ich schickte den Karton an die Adresse, die Halit mir gesendet hatte. Die Kaffeemühle aus Messing behielt ich, obwohl sie vielleicht das einzige echte Erbstück war und es sich somit um nichts anderes handelte als Diebstahl. Ich sagte mir, dass er keine Kinder hatte, keine echten Erben; dass wir mehr gewesen waren als nur ein Liebespaar. Wenn er überlebt hätte … Aber das waren nur schwache Ausreden. Die Wahrheit war, dass ich die Mühle nicht loslassen konnte. Ich benutze sie fast nie, aber sie stand all die Jahre im selben Regal. Matt glänzend thront sie in ihrem osmanischen Gehäuse und schimmert wie der Schlüssel zu einem riesigen Tor.

Ich hatte nicht mit einem Anruf gerechnet. Als ich die unbekannte Vorwahl auf dem Display sah, wäre ich fast nicht rangegangen. Nach einer kurzen Verzögerung fing ein Mann zu sprechen an. Seine Stimme hatte einen leichten Nachhall, als wäre sein Telefon auf laut gestellt.

*Hallo. Hallo. Ist da Edith?*

Sein Akzent war stark, seine Worte klangen ungeübt. Ein paar Sätze, nur zu diesem Anlass auswendig gelernt.

*Ja. Wer spricht da?*

*Ich bin Deniz Öztürk.*

Als mir klar wurde, dass er Halits Vater war, redete ich nervös und viel zu schnell drauflos. Er verstand mich nicht. Halit habe mir von seiner Familie erzählt, sagte ich, Geschichten aus seiner Kindheit, vom Kirschbaum im Garten, von dem Erdbeben. Ich hörte eine kurze Diskussion, jemand im Hintergrund schien dem Vater zu übersetzen, was ich gesagt hatte. Er wartete, dann stellte – oder las – er seine Fragen. War ich mit Halit im Krankenhaus gewesen? Hatte er von seiner Familie gesprochen? Hatte er gelitten? Die letzte Frage war wie eine geballte Faust im Herzen dieses Mannes. Ich war ehrlich und sagte, was ich sagen konnte. Die Luft verbog sich und fing an zu vibrieren. Du warst neben mir, wie ein Erwachsener sich neben ein Kind stellt, das Hilfe benötigt und ohne es zu wollen lügt. Ja, ich war seine Freundin, aber nicht sehr lange, etwa ein halbes Jahr. Wir haben uns zusammen eingeschlossen. Die Krankheit war schlimm. Ich habe getan, was ich konnte.

Dass Halit plötzlich durch andere Personen auferstand, die ihn besser gekannt und sehr viel mehr Anspruch auf ihn hatten als ich, war beunruhigend. Ich lauschte der Übersetzung, und dann hörte ich eine Frau losschluchzen. Sie stöhnte vor Schmerzen und weinte hemmungslos. Deniz Öztürk meldete sich zurück. Seine Stimme klang heiser, es war die Stimme eines Arbeiters, eines Musikers, eines Hinterbliebenen.

*Wir möchten uns bei Ihnen bedanken, Edith.*

*Nein*, sagte ich. *Nein, ich habe zu danken.*

*Doch*, sagte er bestimmt. *Ich danke Ihnen.*

Ich schluckte meine Tränen und erinnerte mich an das Wort.

*Üzgünüm.*

Am anderen Ende ein längeres Schweigen; keiner von uns wusste, wie das Gespräch zu beenden war. Ich legte auf.

Ich holte das Kanu heraus, paddelte zum Anchorman und hielt mich am Geländer fest. Kendra und Nick waren beide erkrankt, Nick machte gerade eine Reha. Sie hatten ihre Tochter verloren. Drei beziehungsweise sieben Jahre – die vorhergesagte Zeit bis zum Rezidiv. Später würde ich Kendra im Hospiz besuchen, ihre Hand halten und denken: Wenn ich an der Reihe bin, werde ich woanders sein als hier.

Am Eingang des Pubs klebte ein gelber Zettel. Das dunkle Gebäude wirkte verlassen und irgendwie schuldig, als wäre es immer schon ein Tatort gewesen. Als wäre unser Wunsch nach Geselligkeit gefährlich.

*

Die zweite Hälfte meines Lebens – alles, was später geschah – war ein Nachhall. Ich habe andere Entscheidungen getroffen und versucht, Abbitte zu leisten. Ich besitze kein Auto. Ich esse kein Fleisch. Ich versuche, wenig Müll zu erzeugen. Wenn ich reisen musste, dann mit $CO_2$-Ausgleich. Ich bin weder einer Kirche beigetreten noch einer den Nova-Parteien. Ich habe mich nicht als Testperson gemeldet und keine bessere Versicherung abgeschlossen. Ich habe auf mich achtgegeben, aber nicht, um irgendetwas zu verlängern. Dass ich verschont wurde, hatte keinen besonderen Grund. Genspiralen, ein biologisches Versehen. Oder Nachahmung und Akzeptanz; ich hatte von einer Expertin gelernt. Obwohl ich es nicht sollte, denke ich mir manchmal, es lag daran, dass du eine gute Partnerin in mir gesehen hast, eine millionste Ehefrau, die loyal ist, dir zu Ehren Abbilder erschafft und Ränke schmiedet, bis der Morgen anbricht, wieder und wieder.

Ich habe losgelassen – nicht in einem spirituellen Sinn, obwohl mir der Ansatz sympathisch ist. Wir müssen lernen zu verlieren, bis wir darin keine Anfänger mehr sind, sondern erfahrene Spieler. Es hat andere Liebhaber gegeben, wenn auch nicht viele. Einer davon war mein Assistent, und ich muss sagen, ich habe ihn sehr gemocht. Ich hätte Mutter werden können – inzwischen gibt es Hemmstoffe und Möglichkeiten, den Fötus zu schützen. Aber ich hatte mich festgelegt, und wann immer ich mir einen anderen Lebensweg vorstellte, fühlte es sich an wie Verrat. Du warst meine einzige Gewissheit.

Naomis Archiv habe ich verkauft. Ihr Werk kam noch einmal in Mode und sie wurde aus dem Friedhof der vergessenen Schriftstellerinnen ausgegraben. Hinzu kam natürlich, dass auch ihre Tochter etwas geleistet hatte. Ihr Werk wurde neu bewertet und von dem Etikett *Schauerroman* befreit wie von einer billigen Lackierung. Karolina erklärte mir einmal, der Begriff werde ausschließlich für Bücher von Frauen verwendet, die das Establishment zwar schätzt, aber nicht respektiert. Die Männer nennt man Existenzialisten. Immer mehr amerikanische Hochschulen interessierten sich für ihr Archiv, und irgendwann nahm ich eins der Angebote an.

Naomis Archiv enthält auch eine dicke Patientenakte; stapelweise Notizen und Protokolle, die ihren Fortschritt dokumentieren, dazu MRTs und Operationsberichte. Den ungetragenen Kopfschutz. Romanentwürfe – anfangs auf Croxley, sauber und ordentlich, später dann auf seltsam pergamentartigem Backpapier mit eingerissenen Rändern. Rätselhafte Anweisungen an sich selbst, Arbeitsblätter aus der Reha, Workshopunterlagen und Honorarabrechnungen. Von mir gemalte Bilder, die sie aufbewahrt hatte, darunter die Gefühlsbeispiele und meine schriftlichen Beschwerden.

*Bitte kein Curry in die Bohnen, davon bekomme ich ein Brennen im Bauch.*

*Du hast meine Gefühle verletzt, als du nicht geklatscht hast und mich nicht dafür gelobt hast, dass ich meinen Text beim Krippenspiel auswendig konnte.*

Es gibt ein Foto von ihr und mir in den Howgills. Wir stehen am Wasser, ihr Gesicht ist teilnahmslos und ich scheine zu brüllen. Wir wirken sehr ungepflegt, verwildert, als wohnten wir in der Natur. Ich kann mich nicht erinnern, dass ich für das Foto posiert habe, oder dass es überhaupt entstand. Jonah würde sagen, es sei eine Geisterfotografie: Eine von uns hat die Kamera gehalten und ihren Platz erst später eingenommen.

*Nicht, dass ich an den Scheiß glaube.*

Inzwischen wird das Archiv von Schriftstellern und Neurologen genutzt. In Naomis Cottage, inzwischen an die Stromversorgung angeschlossen, wohnen jetzt Leute mit Aufenthaltsstipendium.

Einige Dokumente habe ich verbrannt. Die Gerichtsakten inklusive der Sorgerechtsanträge meines Vaters, in denen Naomi als kalte, unfähige Mutter dargestellt wird, auch schon vor der Hirnblutung. Angeblich hatte sie mich nicht lange genug gestillt und mich als Baby in einen Wäschekorb im Garten gelegt, um zu schreiben, und dann hat mich eine Katze angepinkelt und ich bekam Toxoplasmose. Bei ihr wäre ich nicht sicher und würde irreparable Schäden davontragen. Ich habe die Akten nicht verbrannt, um sie zu schützen, genauso wenig wollte ich ihn verschonen. Wir alle existieren zwischen Beweis und Illusion.

Ein paar Jahre nach der Pandemie meldete sich ein Mann namens Erik und teilte mir mit, dass unser Vater gestorben war. Er war mein Halbbruder, sechs Jahre jünger als ich. Es tat ihm leid, mir die Nachricht überbringen zu müssen. Unser Vater Adam hatte Krebs gehabt, der erst im Endstadium diagnostiziert worden war. Seine medizinische Versorgung sei hervorragend gewesen. Erik entschuldigte sich dafür, dass ich keine Gelegenheit bekommen hatte, ihn zu besuchen und mich zu verabschieden. Dem Brief lag ein Familienfoto bei, das Erik zwischen seinen Eltern zeigte. Er hatte die Hände um ihre Schultern gelegt, daneben stand eine attraktive Frau um die fünfzig. Alle lächelten und waren gebräunt. Dass ich Verwandte in Kanada hatte, war mir immer nur vage bewusst gewesen – Geschwister, Nichten, Neffen und eine Frau, die unter anderen Umständen meine Stiefmutter gewesen wäre. Ich versuchte, meine Züge in Eriks Gesicht wiederzuerkennen. Die längliche Nase, die dünnen Augenbrauen.

Wir fingen an, uns E-Mails zu schreiben. Über die erste Ehe seines Vaters wusste er nur wenig, und ich ersparte ihm die Einzelheiten. Seine Geschichten passten nicht zu dem Mann, an den ich mich erinnern konnte. Adam war in ein anderes Land ausgewandert und hatte anscheinend die Persönlichkeit gewechselt wie andere Leute eine Jacke. Halit hatte einmal darüber gesprochen – bei der Migration geht es nicht darum, etwas Altes nachzubilden, sondern zu entkommen und etwas Neues zu erschaffen. Eriks Mails wirkten wie ein Experiment in Sachen Selbsterkundung, zudem fühlte er sich anscheinend verantwortlich, das verlorene Mitglied zur Herde zurückzubringen. Er war neugierig auf mich, trotz der Bedenken seiner Schwester Tabby, aber irgendwann würde sie ein Einsehen haben. Wie er sagte, war sie das Lieblingskind unseres Vaters gewesen.

Als er geschäftlich in England war, verabredeten wir uns. Ich nahm den Zug in die Hauptstadt. Erik holte mich vom Bahnhof ab, ich gab ihm die Hand, und er ließ sie nicht mehr los.

*O mein Gott, das ist ja so seltsam, wirklich toll. Oder?*

Wir verbrachten einen befangenen, aber nicht unangenehmen Nachmittag und klapperten die Sehenswürdigkeiten ab. Seine Fragen waren schlicht und einfach zu beantworten, seine Fröhlichkeit ein Phänomen. Er wollte über seinen Vater sprechen. Anscheinend hatte seine Trauer das nachsichtige Stadium der Versöhnlichkeit erreicht. Er wollte keine schmerzhaften Wahrheiten ausgraben, sondern sich selbst beruhigen, über die rätselhafte Vergangenheit reden und sich vergewissern, dass er in der Lage war, auch die schwierigen Aspekte zu verarbeiten.

Ich nahm ihn mit in das Foyer des Honing Trust und zeigte ihm Das Dilemma. Ich scherzte, Foyerkunst bedeute immer den künstlerischen Tod, aber er verstand den Witz nicht.

*Oh, wow. Das ist wunderschön, Edith. Du bist echt talentiert. Er hat oft über deine Kunst gesprochen.*

*Wirklich?*

*Ich würde gern mehr darüber erfahren.*

*Anfangs hatte ich meine Schwierigkeiten damit. Tja, der Wolf war kooperativ.*

Ich beschrieb den Entstehungsprozess und die heimischen Baumarten. Der lange, schmale Kranichschnabel drang wie ein chirurgisches Instrument in die Kehle ein, der Vogelkopf war von Zähnen umgeben. Die Pfote des Wolfs lag neben dem Kranichfuß, die Krallen waren ineinander verschränkt. Das Stück wiederzusehen war seltsam verstörend. Ich wollte gehen, was Erik falsch verstand.

*Du bist zu bescheiden, Edith.*

*Nein, bin ich nicht. Ich möchte einfach nur weiter.*

Anscheinend kam ich genau so rüber, wie er es sich vorgestellt hatte: eindringlich, direkt, ein unter radikal anderen Umständen herangewachsener Mensch. Er sprach den Gedanken sogar aus.

*Wir sind wie Tag und Nacht. Ist das der passende Ausdruck? Dad hat das immer gesagt.*

*Ja, das ist passend.*

Wir schwiegen.

*Wahrscheinlich hat er nicht immer alles richtig gemacht.*

Ich sah ihn kurz an. Er betrachtete die Installation.

*Hast du ihm verziehen?*

*Ich habe nicht oft darüber nachgedacht.*

Wir unterhielten uns über Wiederaufforstung in Kanada und über seine Tochter. Er war redselig.

*Sie kommt nach ihrer Mutter, aber jetzt, wo ich dich sehe, muss ich sagen, dass sie auch etwas von dir hat. Das nächste Mal sollten sie und Kate mitkommen. Oder du besuchst uns. Wir haben ein Haus am See, wo wir den Sommer verbringen.*

Ich erzählte ihm nicht, dass ich öfter in Kanada gewesen war. Wir redeten über das Virus, das immer noch alle Gespräche dominierte wie ein astronomisches Großereignis oder wie eine verheerende Gottheit, die auf die Erde niedergekommen war. Kanada hatte es weniger heftig getroffen als andere Länder, was natürlich an der größeren Fläche lag, und an der besseren Politik.

Erik hielt mir die Türen auf und war überhaupt sehr rücksichtsvoll. Seine Höflichkeit, die ich anfangs darauf geschoben hatte, dass ich seine neue Schwester war, erschien mir nach einer Weile wie eine milde Form von Mitleid. Ich war trotz meines Erfolgs eine Waise, eine Ausreißerin. Nach ein paar Bier war er mutig genug, nach meiner Kindheit zu fragen. Sicher war sie sehr interessant? Die Frage klang ungewollt voreingenommen.

*Sehr interessant*, sagte ich. *Eine Art Tanz auf dem Vulkan.*

Es hatte keinen Sinn, das Geheimnis zu lüften oder ihm die Angst vor dem Unbekannten zu nehmen.

*Meine Schwester pflegt ein ziemliches Konkurrenzdenken*, sagte er. *Sie ist es gewohnt, alles zu bestimmen. Ich glaube, sie hat was gegen die Vorstellung einer berühmten großen Schwester.*

*Die ich eindeutig nicht bin.*

Er zuckte mit den Schultern.

*Sie ist klug. Sie weiß, mit wem sie sich besser nicht anlegen sollte.*

Ich begleitete ihn zum Hotel, und er zog mich an seine Brust. Sein Rasierwasser roch nach Harz und Agar und wirkte an seinem riesigen Körper schwach und verloren. Anscheinend war er gerührt, und sehr erleichtert.

*Edith, es war so schön, dich endlich kennenzulernen.*

Danach besuchte ich Karolina in ihrem Club, einem altmodischen Stadthaus mit Sternerestaurant im Erdgeschoss. Sie bestellte Champagner, als gäbe es etwas zu feiern. Ich war nur selten dort und hatte mich immer unwohl gefühlt. Unter Menschen zu sein bereitete mir immer noch Probleme, außerdem gab ich mir wenig Mühe, es zu verbergen. Der Club hatte während des Lockdowns illegal weitergemacht. Die Geldbuße war enorm, aber einige Mitglieder hatten Verbindungen in die Politik und konnten die Schließung verhindern.

*Warst du auch hier?*, fragte ich Karolina.

*Auf keinen Fall. Ich fand das idiotisch. Ich habe kein einziges Mal das Haus verlassen.*

An einigen anderen Tischen saßen Prominente, und auch ein Funktionär, ein Kulturminister, der mit mir sprechen wollte. Die Vorstellung fiel knapp aus; wir waren uns schon einmal begegnet, bevor seine Partei die Wahlen gewonnen hatte. Sir Philip bat anstandshalber darum, dass die Champagnergläser abgeräumt wurden, dann kam er auf den Auftrag zu sprechen. Am Ende wurde ich gebeten, die nationale Gedenkstätte zu gestalten. Für die Millionen, die gestorben waren und – er sprach es nicht direkt aus – noch sterben würden. Wie sich langsam abzeichnete, war die Krankheit unheilbar und die Bevölkerung gespalten in jene, die verschont geblieben und inzwischen geimpft waren, und jene, für die die Hilfe zu spät kam. Er wolle mir nicht zu nahe treten, aber er wisse, dass ich die Infektion mit AG3 überlebt habe. Ich konzentrierte mich auf seinen Anzug und seine Krawatte aus ausnehmend schöner, olivgrüner Seide. In Momenten wie diesen wird uns bewusst, wie beschränkt unsere Erfahrungen sind, wie wenig sie uns das Recht geben, eine Vertreterposition einzunehmen. Über das Budget wurde kein Wort verloren. Anscheinend war es eine beschlossene Sache. Es würde keine Ausschreibung geben. Ich schüttelte Sir Philip die Hand und dankte ihm für diese Wertschätzung meiner Arbeit.

Als er gegangen war, sagte Karolina: *Nimm dir genug Zeit, darüber nachzudenken. Sie werden warten.*

*Das klingt unvernünftig.*

Ich erzählte Karolina von meinem Tag und beschrieb ihr meinen Bruder und die Widersprüchlichkeiten. Die Geschichte war gut, fast eine Art Geständnis. Karolina war von dieser neuen Entwicklung fasziniert.

*Sieht er dir ähnlich? Was macht er beruflich?*

*Er ist Banker. Ich glaube, ich habe ihn verwirrt.*

*Ganz bestimmt.*

Sie hatte einen straffen französischen Zopf mit säuberlich eingeflochtenen grauen Strähnen und trug dieselbe filigrane Goldkette wie früher. Der Anhänger war eine winzige, hohle Kugel. Sie wies einen Mann am Nebentisch zurecht, weil er sein Handy gezückt hatte. Mit dem Alter war sie autoritärer geworden und ihren Schützlingen gegenüber nachgiebiger. Niemand war unverändert geblieben.

Nach einer Weile bereiteten mir die Gespräche und die Hintergrundmusik Unbehagen und ich fragte, ob wir gehen könnten. Gleich neben der Agentur gab es einen gepflegten, ruhigen Park. Die Hauptstadtstraßen waren so überfüllt und hektisch wie immer, eine Lotterie der Gesichter. Ich setzte meine getönte Brille auf. Das Lila filterte das Licht und verkleinerte das Spektrum, auf einmal lehnten sich die Gebäude entspannt aneinander. Der Trick sollte mir den Stress nehmen und war ziemlich durchschaubar, aber manchmal funktionierte er tatsächlich.

Karolina hakte sich unter und dirigierte mich zwischen Fußgängern und Bussen hindurch. Wir unterhielten uns im Gehen.

*Ich kannte mehrere Männer, die eine Familie gegründet haben, krachend gescheitert sind und beim zweiten Versuch erfolgreicher waren. Eine Lehrerin, genau genommen war sie meine Musiklehrerin, eine sehr schöne, tragische Person, sagte einmal, die Aufgabe einer Frau bestehe darin, den Mann auf ihre Nachfolgerin vorzubereiten.*

*Wie deprimierend*, sagte ich. *Was wird aus ihr?*

*Sie lernt natürlich auch dazu. Wenn sie klug ist, entscheidet sie sich beim nächsten Mal für sich selbst. Glaubst du, das könnte stimmen?*

*Ja, vielleicht. Was ist aus der Lehrerin geworden?*

*Oh, ich habe sie enttäuscht. Ich habe den Gesang aufgegeben.*

Wir setzten uns in den Park. Der Tag war warm, der Kirschbaum auf der Rasenmitte stand in voller Blüte. Die Begegnung mit meinem Bruder hatte mich verstört. Seine Zugehörigkeit war gestärkt worden, während ich mich wieder allein und am Rand wiederfand.

*Wie hast du über meine Mutter gedacht?*, fragte ich Karolina. *Ich weiß, dass sie von Alexander Saul vertreten wurde und dass du ihre Bücher schätzt, aber kanntest du sie persönlich?*

*Ja. Ich habe sie hier in der Stadt kennengelernt, bei einer Party.*

*Mochtest du sie?*

Sie betrachtete mich kurz mit einem Pokerface und entschied dann, die Karten offenzulegen.

*Wir haben uns gestritten. Es ging um Kindererziehung. Sie nannte mich ein Miststück, weil ich ihr vorgeschlagen hatte, ihr Baby zu Hause zu lassen und auf Lesereise zu gehen.*

*Wie bitte? Ich war auch dabei?*

*Ja, in einem Tragetuch. Du warst ziemlich laut und musstest gewi-*

*ckelt werden. Ich war neu in der Agentur, Babys standen damals nicht auf der Tagesordnung.*

Karolina lachte entzückt.

*Es lag an der Art, wie sie es sagte, fast mitleidig, als wolle sie mir nur helfen. »Ist es wirklich nötig, sich einer anderen Frau gegenüber aufzuführen wie ein Miststück?«*

*Klingt wie ein Satz, den sie nach der Operation gesagt haben könnte.*

*Wirklich? Die Frage erschien mir naheliegend. Und auch wichtig, findest du nicht? Ich habe seither oft darüber nachgedacht. Was hättest du geantwortet, Edith?*

*Ehrlich gesagt verstehe ich das Konzept nicht so recht.*

*Von einem Miststück?*

*Von einer Frau.*

Karolina musste wieder lachen.

*Ja*, sagte sie. *Aber ich muss dich warnen. Wenn du Sir Philips Auftrag annimmst, kriegst du am Ende noch einen Orden.*

*Ich glaube, ich schaffe das nicht.*

*Nein, natürlich nicht. Aber wer würde das schon schaffen?*

Karolina bot mir an, bei ihr zu übernachten, aber ich nahm den Nachtzug. Ich lag dösend in meinem breiten Sitz, während wir mit reduzierter Geschwindigkeit durch die hell erleuchteten Städte fuhren und in der dunklen Leere dazwischen Tempo aufnahmen. Ich verließ den Zug zusammen mit vielen anderen Exilanten aus dem Norden und lief dann im frühmorgendlichen, alkalischen Licht am Fluss entlang, zurück nach Burntcoat.

*

Der Orangenbaum ist voller weißer Blüten, die ihren Duft im Zimmer verströmen. Nach dem Sturz an der Türschwelle habe ich mich aufgerappelt, die Erde zurückgeschoben und auf die Wurzeln gedrückt und den Topf neben das Bett geschleppt. Ich habe mich ans Fenster gesetzt und kurz geschlafen, dann habe ich den Fluss betrachtet und mir ein Bauwerk vorgestellt, das ohne sichtbare Übergänge im Wasser verschwindet beziehungsweise daraus aufragt. Ich aß ein paar Mandeln gegen die Übelkeit – ein alter Trick von Subhadassi – und versuchte, ein bisschen zu zeichnen. Meine Skizzen sind wirklich schlecht. Ich kann meine Hand nicht zur Mitarbeit bewegen, außerdem fällt es mir zunehmend schwer, mich zu konzentrieren.

Das Selbstmitleid habe ich überwunden oder zumindest beiseitegeschoben. Ich muss mich immer wieder ausruhen, was an sich eine Art Aufgabe oder Übung geworden ist.

Der Duft des Bäumchens ist intensiv. Halit tritt daraus hervor wie aus einem Portal und steigt die eiserne Feuertreppe hinauf, eine Flügelspitze streicht über das Mauerwerk. Wenn ich mich umdrehe, werde ich ihn sehen, wunderschön oder so furchterregend, verrottet und dunkel wie mein Herz. Der Engel begegnet mir, wie ich bin, so steht es in der Heiligen Schrift. Später lese ich die Stelle aus reiner Neugier nach und werde enttäuscht. Der menschliche Solipsismus prägt selbst unsere Vorstellungen vom Ende. Wir behaupten immer wieder, wir hätten uns selbst erfunden, und verleugnen damit unseren Schöpfer, unser Chaos und unsere Kunst.

Halit drückt mich zu Boden, ich ziehe ihn auf mich. Danach liegen wir in unserem Schweiß und unserem Geruch. Du folgst ihm, und die Zitrusblüten sind das Duftwasser für deinen Empfang. Ich sehe den Rand eines riesigen Strudels, das ultimative Abstraktum, das mich endlich holt.

Die Nova-Kunst unten im Atelier zeigt dich ebenso wie ihn, und auch eine Frau beim Koitus, eine Komplizin, die ekstatisch die Arme in die Höhe reckt. Sie besteht aus prähistorischer, mit Gerbstoffen behandelter Eiche von den östlichen Auen. Hinter ihr steht ein Geliebter mit zwei Gesichtern. Das eine ist bis zur Unkenntlichkeit verbrannt und geteert und aus Rotorblättern zusammengesetzt, die den Wind und den Regen auf seinen Zwilling lenken und dessen Verfall beschleunigen werden, und später den der Frau. Der Zwilling hat das Gesicht eines Mannes, den ich für eine kurze Zeit und für immer geliebt habe. Die Figuren sind hohl, ihre Seelen bestehen aus Luft. Ich kann mir nicht vorstellen, dass die Auftraggeber so etwas im Sinn hatten. Es wird niemanden trösten und nichts wiedergutmachen.

Das Werk trägt keinen Titel, ich konnte mich nicht einmal zu einer Signatur auf dem Sockel durchringen. Mein Name ist in eine der Stufen eingraviert, die zur Gedenkstätte hinaufführen, zwischen viele andere Namen. Sean hatte die Idee. Er ist eben durch und durch Steinmetz. Er wird das Stück morgen abholen und hat einen Schlüssel für das Hoftor und das Atelier. Ich werde nicht gebraucht.

Ich erinnere mich an die Müdigkeit, diese bleierne Last. Die kleinste Bewegung lässt mich frösteln. Ich halte den Ofen am Brennen, so lange ich kann. Ich weiß, was auf mich zukommt und ab wann ich kein Holz mehr nachlegen darf: Kurz vor dem letzten Stadium, wenn ich von innen nach außen gestülpt werde und nichts mehr schlucken kann. Wenn mir das Fieber die Sinne raubt. Neben dem Bett steht ein Wasserkrug, daneben liegen die Tabletten. Bin ich feige? Ich versuche nur, Leid und Qualen zu umgehen und selbst zu entscheiden. Ich will den Blick nicht abwenden und akzeptieren, dass mein Körper seinem neuen Zustand entgegenstrebt. Kohlenstoffatome, Mikroben, das sich aufblähende, schrumpfende, zerfallende Fleisch.

Aber du willst mein Durchhaltevermögen auf die Probe stellen. Du willst, dass ich mich schutzlos ausliefere wie das Kind, das im Krankenhaus allein in den Tagesraum geht und die wulstige Verwüstung sieht, die das Nahtoderlebnis hinterlassen hat. Sie sagen, du wärst nicht anwesend, dass ich mir dich als eine Fremde vorstellen soll, oder gar nicht. Aber ich weiß, was du bist.

Die Risse in der Luft schließen sich nicht mehr. Der Raum zerstört sich immer wieder selbst und erlaubt mir einen Blick auf die unendliche, unbeleuchtete Substanz dahinter. Die Geräusche in meinen Ohren sind wie Schreie aus einem Auto im freien Fall. Ich erinnere mich deutlich an meinen Traum vom Sterben, an dein Gesicht und deinen riesigen Schlund, und wie ich mich, während ich verschluckt werde, mit jeder Faser meines Körpers widersetze und nicht loslassen will.

Ich werde nicht gewinnen. Ich werde nicht überleben.

Aber mein Verstand verstärkt seinen Griff. Mein Körper kommt nicht gegen die Instinkte an und muss kämpfen – Zellen legen sich an die heißen Blutkanäle, um ihn zu retten. Einmal, Naomi war den ganzen Tag nicht da, tauchte ich an den Grund des tiefsten Beckens unter dem Wasserfall, wo es nichts mehr gab als blinden Schlick und wo das Rauschen klang wie der kalte Muskel des Weltraums. Keine Oberfläche, keine Luft. Die atomare Panik schleuderte mich zurück nach oben wie eine Explosion.

Ich möchte wieder neben Naomi sitzen.

Zu Shun möchte ich sagen: Ja, natürlich, ich bin das Holz im Feuer. Ich habe es erfahren, und es hat mein Wesen verändert. Ich wurde verbrannt und beschädigt, und danach war ich umso widerstandsfähiger. Ein Menschenleben ist ein Wassertropfen auf einer schwarzen Oberfläche, so zerbrechlich, so stark, und darin eine ganze Welt.

# Danksagung

Ich bin dem Royal Literary Fund und dem Society of Authors' Contingency Fund für die Stipendien in den Jahren 2019 und 2020 extrem dankbar.

Ich danke den folgenden Lektorinnen und Erstlesern, die alle fieberhaften Versionen meines Romans ertragen haben: Alex Bowler, Kate Nintzel, Tracy Bohan, Peter Hobbs, Jennifer Custer, Jin Auh und Dr. Richard Thwaites. Ich danke Silvia Crompton fürs Korrekturlesen.

Die folgenden Personen haben mir während der wissenschaftlichen, kulturellen und künstlerischen Recherchen unschätzbar wertvolle Hilfe geleistet: Sarah Munro, Direktorin des BALTIC Centre for Contemporary Art; Polly Roy OBE, Professorin für Virologie an der London School of Hygiene & Tropical Medicine; Imogen Cloët, Russ Coleman, Hamit Sert, Ayumi White, Damon Galgut, Lenny Benterman, Jonathan Hall und Lila Azam Zanganeh.

Den außergewöhnlichen Frauen, die mich in diesem außergewöhnlichen Jahr unterstützt haben, danke ich von Herzen: Chloe Manka, Johanna Forster, Morgan Pickard, Louise Cole, Kelly Smith, Rowan Pelling, Jane Kotapish, Fiona Renkin, Joanna Härmä, Rebecca Watts, Naomi Wood, Sarah Perry, Julie de Ruiter und – noch einmal – Lila und Imogen.

In Liebe und Dankbarkeit für meinen Vater, der immer für mich da war, und für meine geliebte, fröhliche, mutige und liebenswürdige Loy.

Die Originalausgabe erschien 2021
unter dem Titel *Burntcoat*
bei Faber & Faber, London.

MIX
Papier | Fördert
gute Waldnutzung
FSC® C014496

Klimaneutral*
Druckprodukt
ClimatePartner.com/14044-1912-1001

Penguin Random House Verlagsgruppe FSC® N001967

1. Auflage 2023


Umschlaggestaltung: Sabine Kwauka nach einem Entwurf
von Mumtaz Mustafa/Harper Collins US unter Verwendung
einer Coverillustration von Owen Gildersleeve/levineleavitt.com
Gesamtherstellung: GGP Media GmbH, Pößneck
Printed in Germany
ISBN 978-3-328-60280-4
www.penguin-verlag.de

SARAH HALL

Die Töchter
des Nordens

Roman
Auch als E-Book erhältlich

# Können Frauen eine bessere Welt erschaffen?

England, irgendwann in der Zukunft: Umweltkatastrophen und Wirtschaftskrisen haben das alte politische System hinweggefegt. Diktatorisch regiert leben die Menschen in Städten, die Einwohnerinnen dürfen nur in Ausnahmefällen Kinder bekommen. Eine junge Frau, die sich »Schwester« nennt, entflieht den Kontrollen und schließt sich einer Gruppe weiblicher Abtrünniger an, die in den Bergen des Lake District eine einsame Farm bewirtschaften. Unter Führung der charismatischen Jackie hat sich die Gemeinschaft radikalisiert. Gewalt und militärischer Drill bestimmen den Ton. Auch Schwester scheint bereit, Jackies Kampf gegen das verhasste System mitzutragen. Als Jackie den Krieg ausruft, muss sie sich entscheiden …

»Ein prophetischer, futuristischer Roman in der Tradition von H. G. Wells, Margaret Atwood und Will Self.«

*The Independent*